MW01634506

ATLANTIDE
L'EMPIRE PERDU

DARGAUD

Scénario :
Greg EHRBAR

Illustration :
Claudio SCIARRONE
Sonia MATRONE

Couleur :
Matteo DE BENEDITTIS

Adaptation française :
Géraldine REININGER

Lettrage :
Martine SEGARD

ISBN 2-908803-60-7
ISSN 1152-0043

Dépôt légal novembre 2001

Imprimé par PPO Graphic, 93500 Pantin

NEE-PUKI GWEE-SIT TEE-RID MEH-GID-LIH MEN !*
EN CE JOUR FATAL, ATLANTIDE, L'EMPIRE FABULEUX, VIT-IL SES DERNIERS INSTANTS ?
BABROOOOOOOMMM
* MAUDIT, TON ORGUEIL NOUS A DÉTRUITS !
LOO-DEN TEM WEE-LUHM KAH-BEHR-SEH-KEM !*
GWEE-SIT KHOAB-DEH-SHEH-TOAT ! SOH-LESH-TEM MOOTIL-UHM-KEM !*
* IL FAUT ALERTER LA CITÉ !
* NOUS SOMMES CONDAMNÉS ! TOUT EST PERDU
LA CITÉ N'EST PLUS QUE CHAOS... LES ATLANTES FUIENT À LA RECHERCHE D'UN ABRI ...
WEH-SHENK-MOH ! DIHN-NOAKH ! *
BEH-KEHT-UOAKH KWEH-YEN SOOK-YOAKHI LAH-RIH-DIHM SAH-TIMB YOAK !*
* PAS DE PANIQUE ! CHACUN SON TOUR !
* AVANCEZ CALMEMENT ET DANS L'ORDRE !

LE ROI, LA REINE ET LA PRINCESSE D'ATLANTIDE FUIENT, EUX AUSSI... SUIVIS PAR UN ÉTRANGE RAYON DE CRISTAL...
OAT, TAH-NEB-TAOT, KEE-YIHSH !*
KEE-DUH-TOAP MAH-SINK ! NAHL-TEM WAH-NUH-THE KEM !*
MAH-TIMH !*
* PAR ICI, VOTRE ALTESSE ! VITE !
* VIENS, KIDA ! LE TEMPS PRESSE !
* MÈRE !
LE RAYON QUI A ABSORBÉ LA REINE BIEN-AIMÉE ENTOURE LES GÉANTS DE PIERRE ET DÉPLOIE UNE AIRE DE PROTECTION ...
... ISOLANT ATLANTIDE SOUS UN DÔME D'ÉNERGIE PURE.
LE ROI REND GRÂCES À SON ÉPOUSE EN SILENCE...

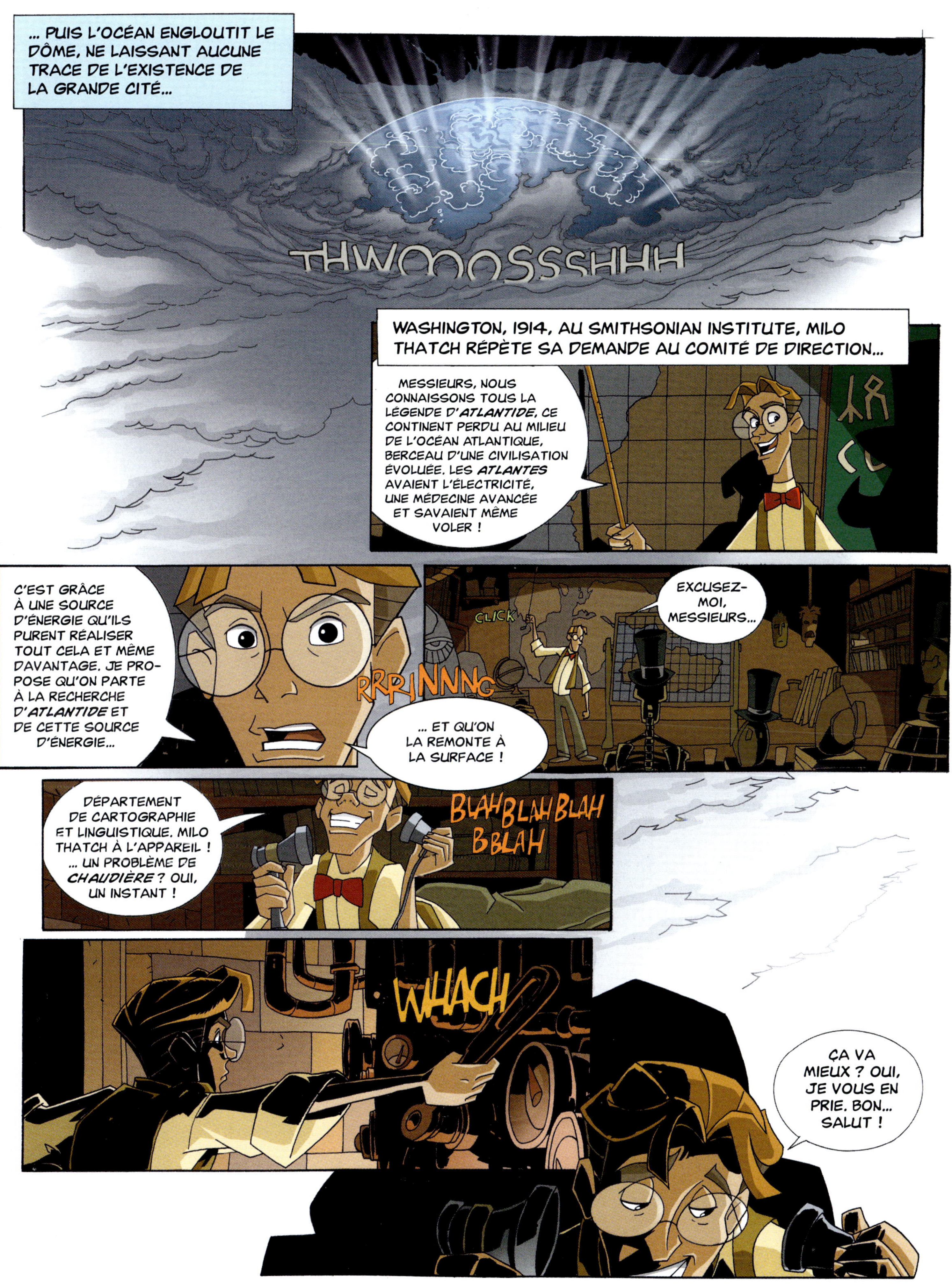
... PUIS L'OCÉAN ENGLOUTIT LE DÔME, NE LAISSANT AUCUNE TRACE DE L'EXISTENCE DE LA GRANDE CITÉ...
THWOOOSSSHHH
WASHINGTON, 1914, AU SMITHSONIAN INSTITUTE, MILO THATCH RÉPÈTE SA DEMANDE AU COMITÉ DE DIRECTION...
MESSIEURS, NOUS CONNAISSONS TOUS LA LÉGENDE D'ATLANTIDE, CE CONTINENT PERDU AU MILIEU DE L'OCÉAN ATLANTIQUE, BERCEAU D'UNE CIVILISATION ÉVOLUÉE. LES ATLANTES AVAIENT L'ÉLECTRICITÉ, UNE MÉDECINE AVANCÉE ET SAVAIENT MÊME VOLER !
C'EST GRÂCE À UNE SOURCE D'ÉNERGIE QU'ILS PURENT RÉALISER TOUT CELA ET MÊME DAVANTAGE. JE PROPOSE QU'ON PARTE À LA RECHERCHE D'ATLANTIDE ET DE CETTE SOURCE D'ÉNERGIE...
RRRINNNG
... ET QU'ON LA REMONTE À LA SURFACE !
CLICK
EXCUSEZ-MOI, MESSIEURS...
DÉPARTEMENT DE CARTOGRAPHIE ET LINGUISTIQUE. MILO THATCH À L'APPAREIL ! ... UN PROBLÈME DE CHAUDIÈRE ? OUI, UN INSTANT !
BLAH BLAH BLAH BBLAH
WHACH
ÇA VA MIEUX ? OUI, JE VOUS EN PRIE. BON... SALUT !

THWOOP

"CHER M. THATCH, VOTRE RÉUNION D'AUJOURD'HUI A ÉTÉ AVANCÉE D'UNE HEURE. EN RAISON DE VOTRE ABSENCE, LE COMITÉ A VOTÉ LE REJET DE VOTRE PROPOSITION. BON WEEK-END. BUREAU DE M. HARCOURT."

ILS NE PEUVENT PAS ME FAIRE ÇA !

JE VOUS ASSURE, LE JEUNE THATCH DEVIENT *FOU* !
SI J'ENTENDS ENCORE LE MOT "*ATLANTIDE*", JE ME JETTE SOUS UN AUTOBUS !
HA! HA! HA ! JE VOUS POUSSERAI !
OH! LES MEMBRES DU COMITÉ ! *EH! ATTENDEZ !*

MONSIEUR HARCOURT ! J'AI DE NOUVELLES PREUVES QUE...
LE MUSÉE FINANCE DES EXPÉDITIONS SCIENTIFIQUES BASÉES SUR DES FAITS, PAS SUR DES LÉGENDES ! ET PUIS, VOUS ÊTES NÉCESSAIRE ICI ! AVEC L'HIVER QUI ARRIVE, CETTE CHAUDIÈRE AURA BESOIN DE VOUS !

MAIS... JE PEUX *PROUVER* QU'*ATLANTIDE* EXISTE ! IL Y A UN DOCUMENT ÉCRIT - *LE MANUSCRIT DU BERGER* - EN ISLANDE !
VOUS VOULEZ LANCER UNE EXPÉDITION ? D'ACCORD !

PRENEZ LE TRAMWAY JUSQU'AU POTOMAC ET PLONGEZ ! PEUT-ÊTRE QUE L'EAU FROIDE VOUS ÉCLAIRCIRA L'ESPRIT !

CE SOIR-LÀ, MILO TROUVE UNE MYSTÉRIEUSE VISITEUSE CHEZ LUI...
QUI ÊTES-VOUS ? COMMENT ÊTES-VOUS ENTRÉE ICI ?
MILO THATCH ? JE M'APPELLE *HELGA SINCLAIR*. VENEZ, MON PATRON A UNE PROPOSITION À VOUS FAIRE...

KRAA-B BOOOM

M. WHITMORE DÉTESTE ATTENDRE ! ENTREZ, IL NE MORD PAS !

MAIS... C'EST MON *GRAND-PÈRE* !
LE PLUS GRAND EXPLORATEUR DU MONDE !
PRESTON WHITMORE. QUEL PLAISIR DE TE RENCONTRER, MILO !
TU VIENS FAIRE DU YOGA AVEC MOI ?
EUH... NON, MERCI. AVEZ-VOUS *RÉELLEMENT* CONNU MON GRAND-PÈRE ?

OH OUI ! NOUS ÉTIONS BONS AMIS... IL M'A MÊME ENTRAÎNÉ DANS QUELQUES-UNES DE SES FOLLES EXPÉDITIONS !
POURQUOI SUIS-JE ICI ?

TU VOIS CE PAQUET ? IL EST POUR TOI !

IL M'A DIT DE TE LE REMETTRE...

...LE MANUSCRIT DU BERGER...
...SI QUELQUE CHOSE LUI ARRIVAIT !

M. WHITMORE, CE JOURNAL EST LA CLÉ POUR RETROUVER L'EMPIRE PERDU D'ATLANTIDE. JE VAIS LE MONTRER AU MUSÉE ! ILS SERONT BIEN OBLIGÉS DE ME CROIRE !
COMME... AUJOURD'HUI ?

OUI ! N-NON ! COMMENT LE SAVEZ-VOUS ?... PEU IMPORTE, JE TROUVERAI ATLANTIDE TOUT SEUL !

FÉLICITATIONS, MILO ! C'EST EXACTEMENT CE QUE JE VOULAIS ENTENDRE ! TOUT EST DÉJÀ ARRANGÉ !
CLICK

TON GRAND-PÈRE ÉTAIT UN GRAND HOMME, MILO. CES BOUFFONS DU MUSÉE L'ONT TOURNÉ EN RIDICULE. IL EST MORT BRISÉ. SI TU POUVAIS ME RAPPORTER, NE SERAIT-CE QU'UN DÉBUT DE PREUVE...
MAIS, M. WHITMORE, IL FAUDRAIT RÉUNIR DES INGÉNIEURS, DES GÉOLOGUES...
FWEENNN... CLICK... TWICK

J'AI TOUT CE QU'IL FAUT, LE TOP... GAËTAN LA TAUPE, GÉOLOGUE, ENZO SATORINI, ARTIFICIER. AUDREY RAMIREZ, INGÉNIEUR. VOILÀ L'ÉQUIPE QUI A RAPPORTÉ LE MANUSCRIT DU BERGER D'ISLANDE.
JE LE SAVAIS ! ÇA Y EST, C'EST ARRIVÉ !

TON GRAND-PÈRE DISAIT TOUJOURS : "LES CADEAUX NOUS GARDENT VIVANTS DANS LA MÉMOIRE DE NOS ENFANTS." CE JOURNAL EST SON CADEAU, MILO. ATLANTIDE ATTEND !
JE SUIS VOTRE HOMME, M. WHITMORE ! VOUS NE LE REGRETTEREZ PAS !
BEURK ! POURQUOI Y A-T-IL TOUT LE TEMPS DES CAROTTES ?
JE DOIS ALLER... AU RAPPORT ?
AH... ! C'EST VOUS !
EH ! LA MÔME ! ON A UN COMPTE À RÉGLER ! TU AS REMPLI MON CHARIOT DE TRUCS SANS INTÉRÊT ! CANNELLE ! ORIGAN ! GIROFLE !
NO SECONDS
ON DIRAIT DE LA LAITUE. COOKIE ! LES HOMMES ONT BESOIN DES QUATRE GROUPES ALIMENTAIRES DE BASE.
JE LES AI, MOI AUSSI... HARICOTS, BACON, ET LARD !
O.K., COW-BOY, REMBALLE TOUT ÇA ET VITE !
THRUUMMM THRUUMMM
ATTENTION ! TOUT LE MONDE SUR LA PLATE-FORME DE LANCEMENT ! FIN DU CHARGEMENT !
LES BALADES À PONEY SONT À L'ARRIÈRE !
TNT

VOUS AVEZ PERDU UN BÂTON DE DYNAMITE ... QU'AVEZ-VOUS D'AUTRE ?
EUH... POUDRE À FUSIL, NITROGLYCÉRINE, BLOCS-NOTES, DÉTONATEURS, MÈCHES, COLLE, TROMBONES... QUE DES FOURNITURES DE BUREAU !
MILO, JE TE PRÉSENTE LE CAPITAINE ROURKE ! IL A DIRIGÉ L'ÉQUIPE QUI A RAPPORTÉ LE MANUSCRIT D'ISLANDE !
MILO THATCH ? ENCHANTÉ DE RENCONTRER LE PETIT-FILS DU VIEUX THADDEUS. VOUS AVEZ LE MANUSCRIT !
ATTENTION ! LA DESCENTE DÉBUTERA DANS 15 MINUTES !
C'EST L'HEURE !
AU REVOIR, M. WHITMORE !
SOIS À LA HAUTEUR, MON GARÇON !
LIEUTENANT, AMORCEZ LA DESCENTE !
OFFICIER DE PLONGÉE, PROFONDEUR DEMANDÉE : UN - CINQ - ZÉRO !
OFFICIER DE QUART, DESCENDEZ !
AÂÂ-ÂHH...
ATTENTION... AU DÎNER, RAGOÛT AUX HARICOTS PUIS, MUSIQUE ET VARIÉTÉS...

TU AS DÉRANGÉ LA SALETÉ !
COMMENT ?

TU AS DÉRANGÉ LA SALETÉ ! CETTE SALETÉ VIENT DU MONDE ENTIER, ELLE A TRAVERSÉ LES SIÈCLES ! QU'AS-TU FAIT ? TU AS TOUT MÉLANGÉ !

HÉ-LÀ, LÂCHE-MOI !
ARRÊTE DE PLEURNICHER ! TIENS-TOI TRANQUILLE ! AHA ! VOILÀ VOILÀ !

DIS-MOI QUI TU ES, VIEUX ! MINE DE CRAYON ... SPORES ÉCRASÉES DE PARCHEMIN MÉSOPOTAMIEN, ENVIRON 2000 ANS AVANT J.C. ! EMPREINTES DIGITALES MICROSCOPIQUES DES... CARTOGRAPHES ET DES LINGUISTES !
HÉ, COMMENT...

SCANDALEUX ! VA-T'EN TOUT DE SUITE ! HORS D'ICI ! DÉGAGE !
LA TAUPE ! NE T'AI-JE PAS DÉJÀ DIT D'ÊTRE GENTIL ?

ARRIÈRE ! JE VAIS TE FROTTER AU SAVON ! RECULE, IMMONDE CRÉATURE ! RETOURNE DANS TON TROU !

JE M'APPELLE GENTIL. AMADOU GENTIL, OFFICIER MÉDECIN !
MILO THATCH !
AH ! ... MILO THATCH ! VISITE MÉDICALE ! PAS MAL, CETTE SCIE ! ELLE PEUT SCIER UN FÉMUR EN 28 SECONDES.
ON POURRAIT RÉDUIRE CE TEMPS DE MOITIÉ !
HO?!

TIENS. POURRAIS-TU REMPLIR CES BOCAUX ?
M. THATCH, AU RAPPORT SUR LE PONT !
RAVI DE TE CONNAÎTRE !
ALORS JE LUI AI DIT...” QU'EST-CE QU'IL A, MON RÔTI ? ... OH ! UN INSTANT, MARGIE, J'AI UN APPEL...
CAPITAINE, NOUS APPROCHONS DE LA ZONE VISÉE.
BIENVENUE SUR LE PONT, M. THATCH. SILENCE, TOUT LE MONDE. JE VEUX QUE VOUS ACCORDIEZ TOUTE VOTRE ATTENTION À M. THATCH.
BONSOIR ! TOUT LE MONDE M'ENTEND ? BON, COMMENÇONS PAR QUELQUES DIAPOS ! LA PREMIÈRE REPRÉSENTE UNE CRÉATURE SI EFFRAYANTE QUE LES MARINS DEVENAIENT FOUS EN LA VOYANT !
WHOO HOO YOW
EUH... DÉSOLÉ, C'EST UNE ERREUR...
PFF... C'EST LE GENRE DE TYPE QUI M'INVITE AU RESTAURANT !
AH !... LÀ, C'EST BON ! VOICI DONC UNE REPRÉSENTATION DE LÉVIATHAN, LA CRÉATURE QUI GARDAIT L'ENTRÉE D'ATLANTIDE. CERTAINS SAVANTS PRÉTENDENT QUELLE ÉTAIT VIVANTE MAIS JE PENSE, QUE C'ÉTAIT UNE SCULPTURE.
A MON AVIS, ÇA SE DÉGUSTE AVEC DU VIN BLANC !

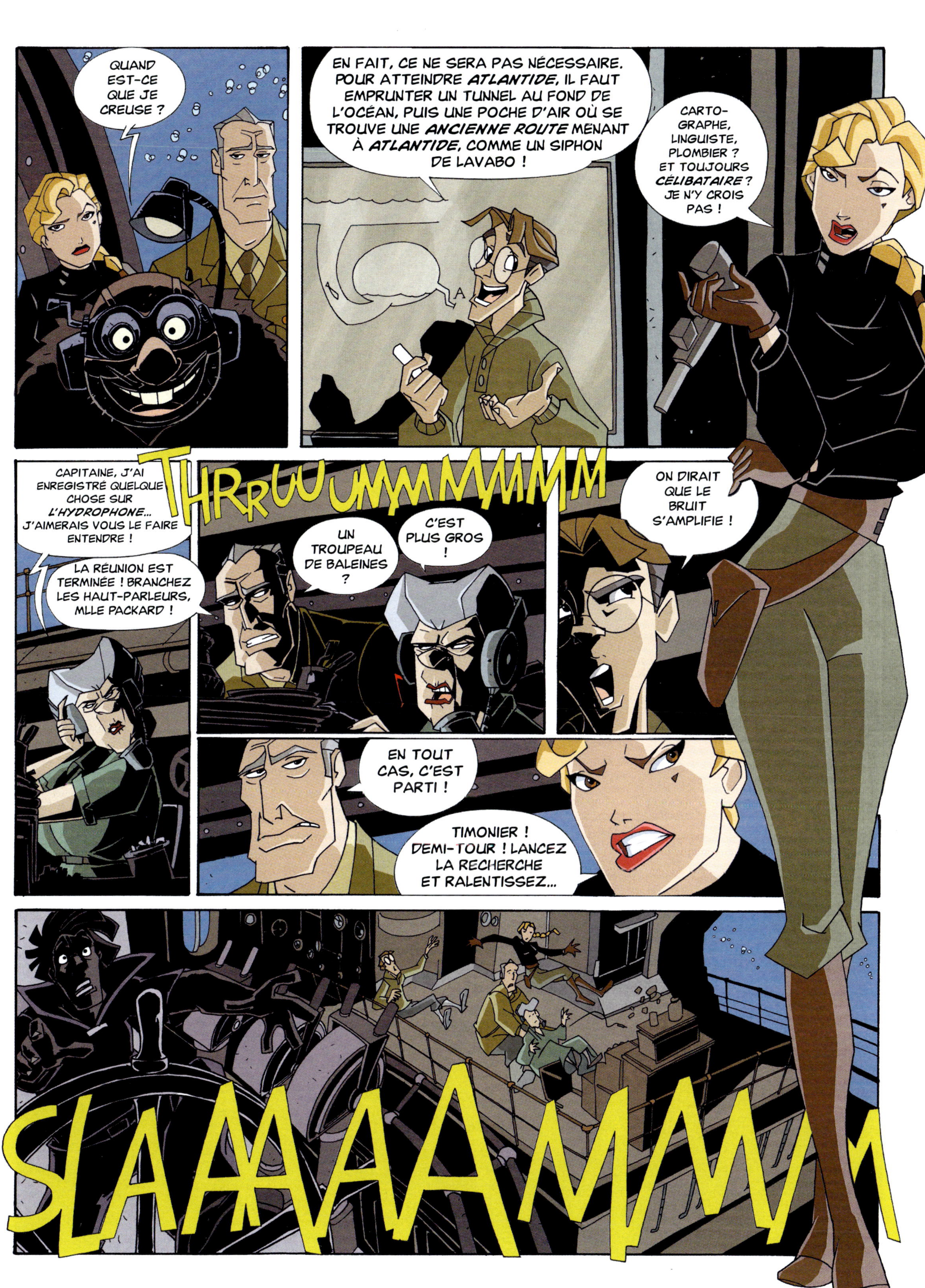
QUAND EST-CE QUE JE CREUSE ?
EN FAIT, CE NE SERA PAS NÉCESSAIRE. POUR ATTEINDRE ATLANTIDE, IL FAUT EMPRUNTER UN TUNNEL AU FOND DE L'OCÉAN, PUIS UNE POCHE D'AIR OÙ SE TROUVE UNE ANCIENNE ROUTE MENANT À ATLANTIDE, COMME UN SIPHON DE LAVABO !
CARTO-GRAPHE, LINGUISTE, PLOMBIER ? ET TOUJOURS CÉLIBATAIRE ? JE N'Y CROIS PAS !
CAPITAINE, J'AI ENREGISTRÉ QUELQUE CHOSE SUR L'HYDROPHONE... J'AIMERAIS VOUS LE FAIRE ENTENDRE !
LA RÉUNION EST TERMINÉE ! BRANCHEZ LES HAUT-PARLEURS, MLLE PACKARD !
THRRUUUMMMMMMM
UN TROUPEAU DE BALEINES ?
C'EST PLUS GROS !
ON DIRAIT QUE LE BRUIT S'AMPLIFIE !
EN TOUT CAS, C'EST PARTI !
TIMONIER ! DEMI-TOUR ! LANCEZ LA RECHERCHE ET RALENTISSEZ...
SLAAAAAMMM

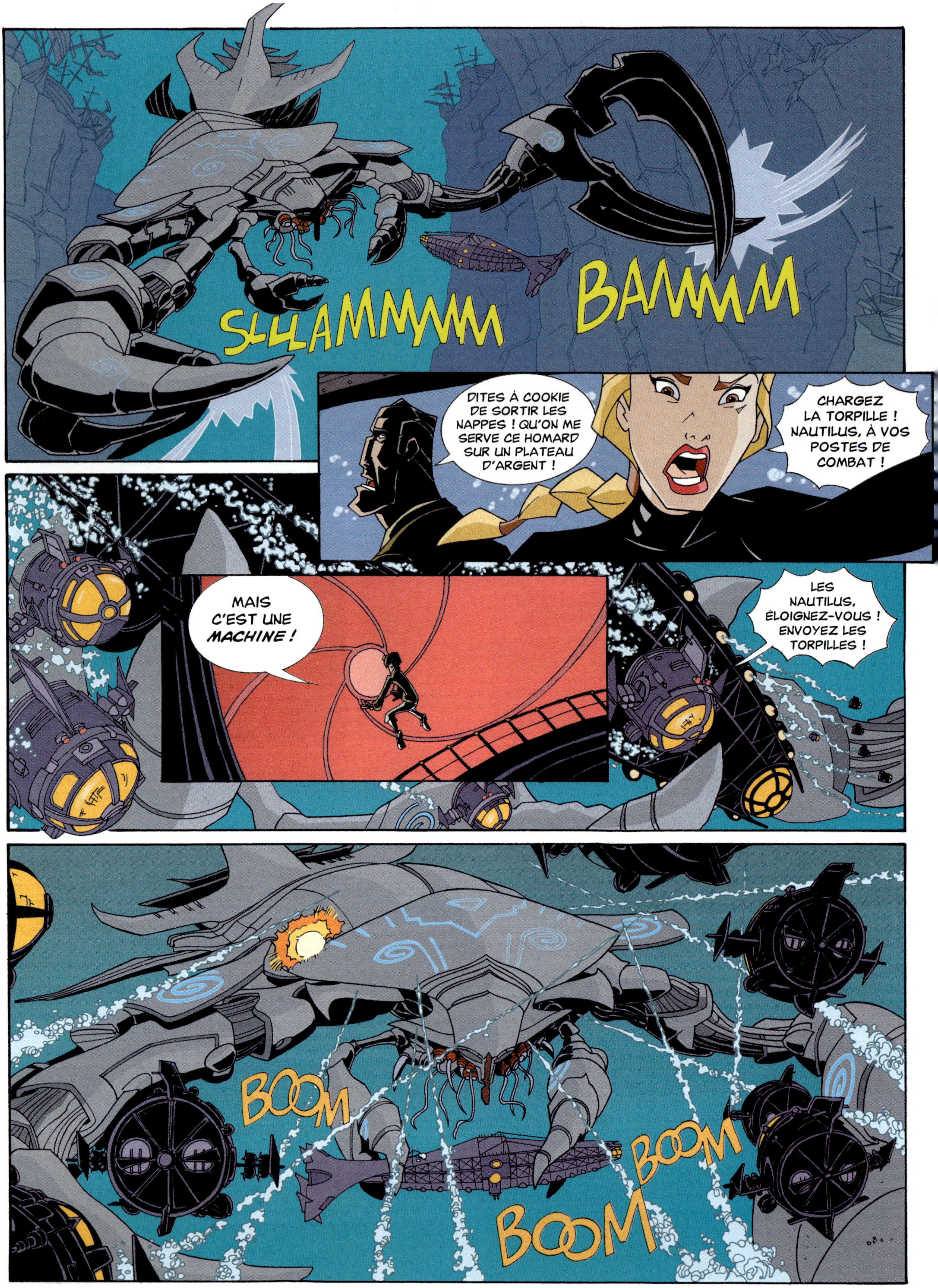

SLLAMMMMM
BAMMMM
DITES À COOKIE DE SORTIR LES NAPPES ! QU'ON ME SERVE CE HOMARD SUR UN PLATEAU D'ARGENT !
CHARGEZ LA TORPILLE ! NAUTILUS, À VOS POSTES DE COMBAT !
MAIS C'EST UNE *MACHINE* !
LES NAUTILUS, ÉLOIGNEZ-VOUS ! ENVOYEZ LES TORPILLES !

BOOM
BOOM
BOOM

KA BOOM
ALLÔ ! LE PONT ! RÉPONDEZ !
CAPITAINE, LES MÉCANOS SUR LA QUATRE !
ROURKE ! ON A PRIS UN MAUVAIS COUP, L'EAU MONTE TRÈS VITE ! DANS VINGT MINUTES, LA CHAUDIÈRE SERA NOYÉE !
BOOOM
RECTIFICATION... SUR LA CINQ !
AUDREY ? PRESSEZ-VOUS !
PACKARD ! SONNE L'ALERTE !
PACKARD !
JE TE RAPPELLERAI, MARGIE... NON, NON, JE TE RAPPELLE !
WHREEE WHREEE
WHREEE
ABANDONNEZ LE NAVIRE ! TOUT LE MONDE QUITTE LE VAISSEAU !

DÉPÊCHEZ-VOUS ! PAS DE TEMPS À PERDRE ! QUE CHACUN S'ATTACHE À UN SIÈGE !

SORTEZ-NOUS DE LÀ, LIEUTENANT !
JE M'Y EMPLOIE !

CRRUUMMMBLE

OÙ ALLONS-NOUS, THATCH ?
IL FAUT TROUVER UNE SORTE DE CREVASSE !

LÀ ! AU-DESSUS DE NOUS !
QUE TOUTES LES EMBARCATIONS DESCENDENT À VINGT DEGRÉS !

ENZO ET MOI, NOUS SUIVONS !

FWOOOMMM
SACREBLEU !
C'EST LA FIN ! NOUS ALLONS TOUS PÉRIR !

ZEEEEP

ATTENTION ! TOURNEZ !

CRAAASH

C'EST LA FAMEUSE ROUTE QUI MÈNE AU SIPHON DE LAVABO !
LES RESCAPÉS FONT SURFACE DANS UNE POCHE D'AIR, AVEC UN VÉHICULE AQUA EVAC ET UN NAUTILUS...

CETTE EXPÉDITION A DÉBUTÉ AVEC 200 HOMMES ET FEMMES D'ÉQUIPAGE ! VOICI CE QU'IL EN RESTE ! LA SITUATION EST CRITIQUE. MAIS ON S'EN EST TOUJOURS SORTI, IL N'Y A PAS DE RAISON QUE ÇA CHANGE !

APPAREMMENT, VOUS ÊTES NOTRE SEULE CHANCE DE SURVIE, THATCH, VOUS ET CE MANUSCRIT !

NOUS N'AVONS AUCUNE CHANCE !

LIEUTENANT, *JE VEUX* QUE CE CONVOI DÉMARRE... EN CINQ MINUTES !

SAVEZ-VOUS CONDUIRE UN *CAMION* ?
HA ! HA ! ÉVIDEMMENT QUE JE SAIS CONDUIRE UN CAMION ! ON A LE VOLANT, L'ACCÉLÉRATEUR, LE FREIN... ET, BIEN SÛR, CE... LEVIER... EUH... CE TRUC...

C'EST LE MÊME PRINCIPE QU'UNE *AUTO-TAMPONNEUSE*, ÇA IRA !

UN PEU PLUS TARD...

RRROOOWWWW
DÉSOLÉ !
J'ESPÈRE QUE TU N'AS PAS BU LA *NITROGLYCÉRINE* ! SURTOUT, NE BOUGE PAS ! PRIE !
BOOOM
HAAHAHAHA HA HAHA
MALHEUREUSEMENT, MILO N'EST TOUJOURS PAS ACCEPTÉ PAR L'ÉQUIPAGE...

... LE SEUL AMI QUI LUI RESTE EST LE MANUSCRIT DU BERGER SUR LEQUEL IL TRAVAILLE SANS RELÂCHE !

CE PILIER MESURE AU MOINS 800 MÈTRES DE HAUT ! IL A DÛ FALLOIR DES CENTAINES... NON... DES *MILLIERS* D'ANNÉES POUR SCULPTER CE TRUC-LÀ !

KAFWOOOOOM

REGARDEZ ! IL A BASCULÉ EN DIX SECONDES ! IL SERVIRA DE PONT !

QUELQUE CHOSE BLOQUE LE PASSAGE ! PRÊT À CREUSER, LA TAUPE ?
OH ! VOUI, AVEC JOIE !
ROARR
RRRUMBLE
TOUSS-TOUSS ! ARGH !
CACHUNKA
CHUM

HUM... PUIS-JE... ?
NE TOUCHE À RIEN ! LE ROTOR EST FICHU. JE VAIS CHERCHER UNE PIÈCE DE RECHANGE DANS LE CAMION.

VRRROOOM
EH, QU' AS-TU FAIT ?
CLANK

VOUS SAVEZ, LE RADIATEUR DE CE PETIT ENGIN EST UN MODÈLE HUMAC P54 813. LES SERPENTINS SONT UN PEU CAPRICIEUX. PARFOIS, IL SUFFIT JUSTE DE... LES RELANCER !
OUAIS ! MERCI, ÇA SUFFIT !

PUNCH PUNCH
EN DEUX COUPS ! ET ÇA REPART !

C'EST CELA ! C'EST *SÛREMENT* ÇA !
PARFAIT ! NOUS CAMPERONS ICI !

POURQUOI EST-CE QUE ÇA BRILLE ?
C'EST UNE *PHOSPHO-RESCENCE NATURELLE !*
CE TRUC VA M'EMPÊCHER DE DORMIR CETTE NUIT !

VENEZ VOUS SERVIR ! EN ENTRÉE... SALADE, ESCARGOTS ET ROULEAUX DE PRINTEMPS !

MOI, JE VOULAIS DES ESCARGOTS !
PRENDS-LES ! SI ÇA TE FAIT PLAISIR !

ON A ÉTÉ UN PEU DURS AVEC CE P'TIT GARS, NON ? JE PROPOSE QU'ON SE RÉCONCILIE AVEC LUI !
OUI, TU AS RAISON ! EH, MILO ! VIENS T'ASSEOIR AVEC NOUS !
VRAIMENT ? VOUS M'INVITEZ ?

ALLEZ, ASSOIS-TOI ICI !
OUAIS, SUPER ! JE VEUX DIRE... VOUS SAVEZ, C'EST UN HONNEUR D'ÊTRE ACCEPTÉ DANS VOTRE...

PWAAAT

LA TAUPE !
HA ! HA ! HA ! PARDON, JE N'AI PAS PU RÉSISTER !

DIS, MILO, TU NE LE FERMES JAMAIS, TON BOUQUIN ?
TU AS DÛ LE LIRE UNE DOUZAINE DE FOIS DÉJÀ !

JE SAIS... MAIS IL Y A UN TRUC QUE JE NE COMPRENDS PAS ! C'EST DANS CE PASSAGE... LE BERGER LES GUIDE EN DIRECTION DE CE QUI POURRAIT BIEN ÊTRE LA SOURCE D'ÉNERGIE DONT PARLENT LES LÉGENDES ! MAIS ÇA S'ARRÊTE LÀ... COMME S'IL MANQUAIT UNE PAGE !

CALME-TOI, PETIT ! PAS DE ZÈLE !
JE ME LAISSE PARFOIS ENTRAÎNER. MAIS ON EST LÀ POUR ÇA, NON ? DÉCOUVERTE, AVENTURE, TRAVAIL D'ÉQUIPE... À MOINS QUE CE NE SOIT... POUR L'ARGENT !

POUR L'ARGENT !
POUR L'ARGENT !
POUR L'ARGENT !
POUR L'ARGENT !
POUR L'ARGENT !
MOI AUSSI, POUR L'ARGENT !

QU'EST-CE QUE TU AS ? MAL AU COU ?
AH ! OUI... J'AI DÛ ME FAIRE MAL EN...

AAA-AHH ! AÏE !
ÇA VA MIEUX ?
CRRRICK

OUI... EH ! QUI T'A APPRIS CE PROCÉDÉ ?
UN GUÉRISSEUR ARAPAHO... MON PÈRE ÉTAIT MÉDECIN MILITAIRE. J'AI UN DIPLÔME DE L'UNIVERSITÉ HOWARD ET UNE PEAU D'OURS DU VIEUX NUAGE DE FER !

TU NE VAS PAS MONTER TA TENTE ?
C'EST DÉJÀ FAIT ! BON, J'AI PERDU LA MAIN ! LA DERNIÈRE FOIS QUE J'AI CAMPÉ, C'ÉTAIT MON GRAND-PÈRE QUI M'Y AVAIT EMMENÉ !

JE N'AI JAMAIS RENCONTRÉ TON GRAND-PÈRE. COMMENT ÉTAIT-IL ?
QUAND J'AI PERDU MES PARENTS, IL A ÉTÉ UN PÈRE POUR MOI. UN JOUR, J'AI TROUVÉ UNE POINTE DE FLÈCHE DANS UN RUISSEAU ! MON GRAND-PÈRE A RÉAGI COMME SI J'AVAIS DÉCOUVERT UNE *CIVILISATION DISPARUE* !

LA POINTE DE FLÈCHE ÉTAIT UN FRAGMENT D'ARDOISE BRISÉ EN FORME DE TRIANGLE !
C'EST RAVISSANT ! MOI, MON PÈRE A TOUJOURS VOULU *DES FILS* - UN POUR SON ATELIER DE MÉCANIQUE ET UN AUTRE CHAMPION DE BOXE !

FINALEMENT, MA SOEUR A REMPORTÉ LE TITRE, ET MOI, JE FAIS DES ÉCONOMIES POUR OUVRIR UN AUTRE ATELIER AVEC PAPA !

QUANT À MOI, J'ADORE FAIRE EXPLOSER TOUTE SORTE DE TRUCS !

ALLONS, ENZO, DIS LA *VÉRITÉ* !
MA FAMILLE POSSÉDAIT UNE *BOUTIQUE DE FLEURS*. JE FAISAIS DES PETITS BOUQUETS POUR LES CORSAGES... QUEL CAUCHEMAR !
LA TEINTURERIE CHINOISE À CÔTÉ DE LA BOUTIQUE A EXPLOSÉ À CAUSE D'UNE FUITE DE GAZ. C'ÉTAIT UN SIGNE !
ET C'EST QUOI, L'HISTOIRE DE LA TAUPE ?
CROIS-MOI, *MIEUX VAUT NE PAS LE SAVOIR !*
HÉ ! HÉ ! HÉ !
DANS LA NUIT, DE MYSTÉRIEUX VISITEURS EXPLORENT LE CAMP...
FLUTTER FLUTTER FLUTTER
...ILS S'ENFUIENT LORSQUE MILO SORT FAIRE UN TOUR...
AVEC SA TORCHE, MILO ÉCLAIRE DE SINGULIÈRES LUCIOLES...

IL S'APERÇOIT, HORRIFIÉ, QUE CES INSECTES PROPAGENT UN INCENDIE !
FOOM FAFOOM

AU FEU ! AU FEU ! RÉVEILLEZ-VOUS !
THATCH, RETOURNEZ VOUS COUCH...

VITE DE L'EAU ! ALERTE ! ALERTE !
PAS LE TEMPS ! CACHONS-NOUS DANS CES GROTTES. DÉPÊCHONS !

PUIS LES LUCIOLES ENFLAMMENT LE CAMION-CITERNE...
FOOM FOOM SIZZLE
... LES FLAMMÈCHES...
CRACK CRACK
... FONT EXPLOSER LE PONT !
KABOOOOOOMM

LES CAMIONS DÉRAPENT...
NON ! NON ! NON !
SCREEECK !
... ET TOMBENT DANS LE PRÉCIPICE !
RRRRRUUUUMBLEEE EEE

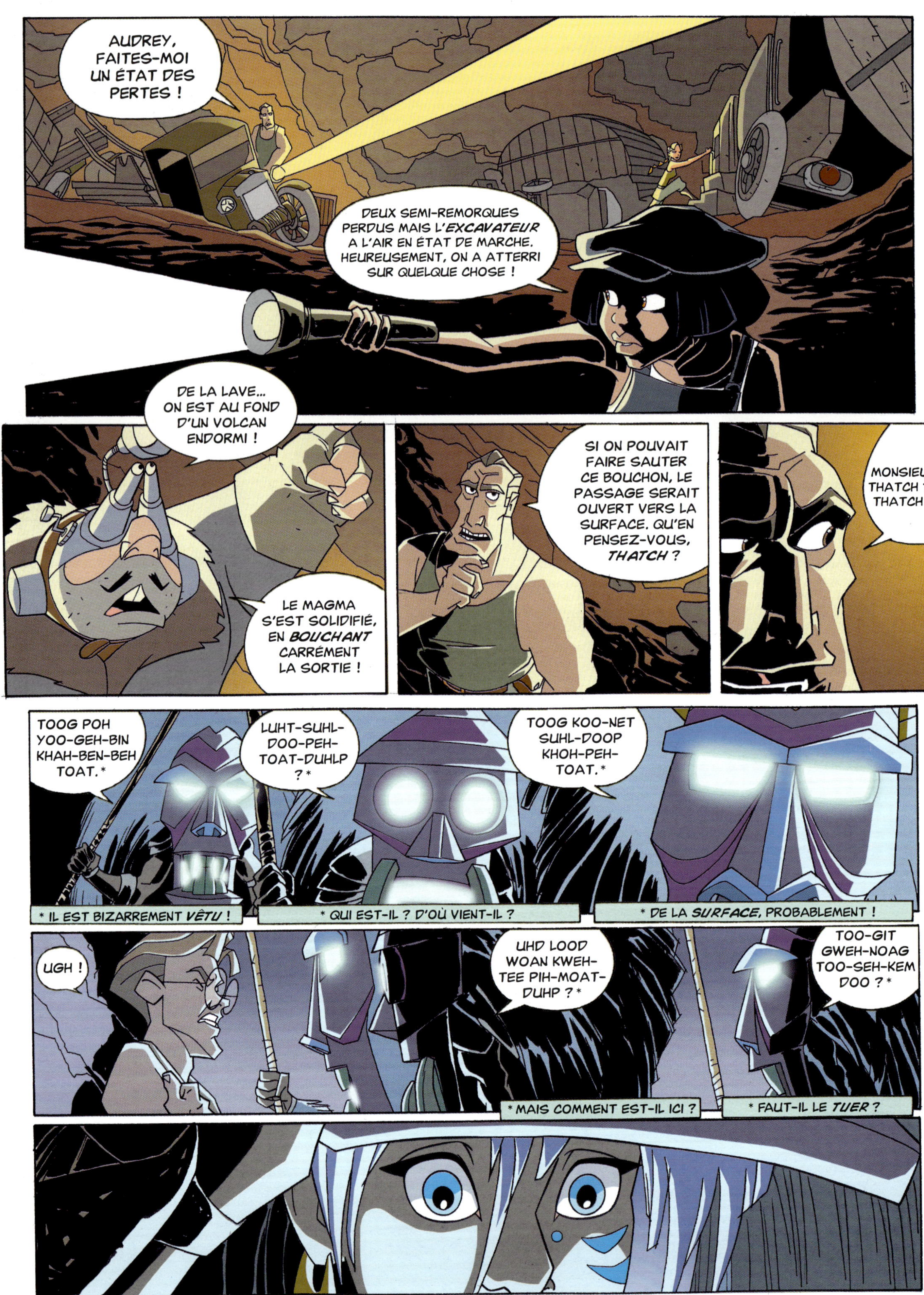
AUDREY, FAITES-MOI UN ÉTAT DES PERTES !
DEUX SEMI-REMORQUES PERDUS MAIS L'EXCAVATEUR A L'AIR EN ÉTAT DE MARCHE. HEUREUSEMENT, ON A ATTERRI SUR QUELQUE CHOSE !
DE LA LAVE... ON EST AU FOND D'UN VOLCAN ENDORMI !
LE MAGMA S'EST SOLIDIFIÉ, EN BOUCHANT CARRÉMENT LA SORTIE !
SI ON POUVAIT FAIRE SAUTER CE BOUCHON, LE PASSAGE SERAIT OUVERT VERS LA SURFACE. QU'EN PENSEZ-VOUS, THATCH ?
MONSIEUR THATCH ?... THATCH ?
TOOG POH YOO-GEH-BIN KHAH-BEN-BEH TOAT.*
LUHT-SUHL-DOO-PEH-TOAT-DUHLP ?*
TOOG KOO-NET SUHL-DOOP KHOH-PEH-TOAT.*
* IL EST BIZARREMENT VÊTU !
* QUI EST-IL ? D'OÙ VIENT-IL ?
* DE LA SURFACE, PROBABLEMENT !
UGH !
UHD LOOD WOAN KWEH-TEE PIH-MOAT-DUHP ?*
TOO-GIT GWEH-NOAG TOO-SEH-KEM DOO ?*
* MAIS COMMENT EST-IL ICI ?
* FAUT-IL LE TUER ?

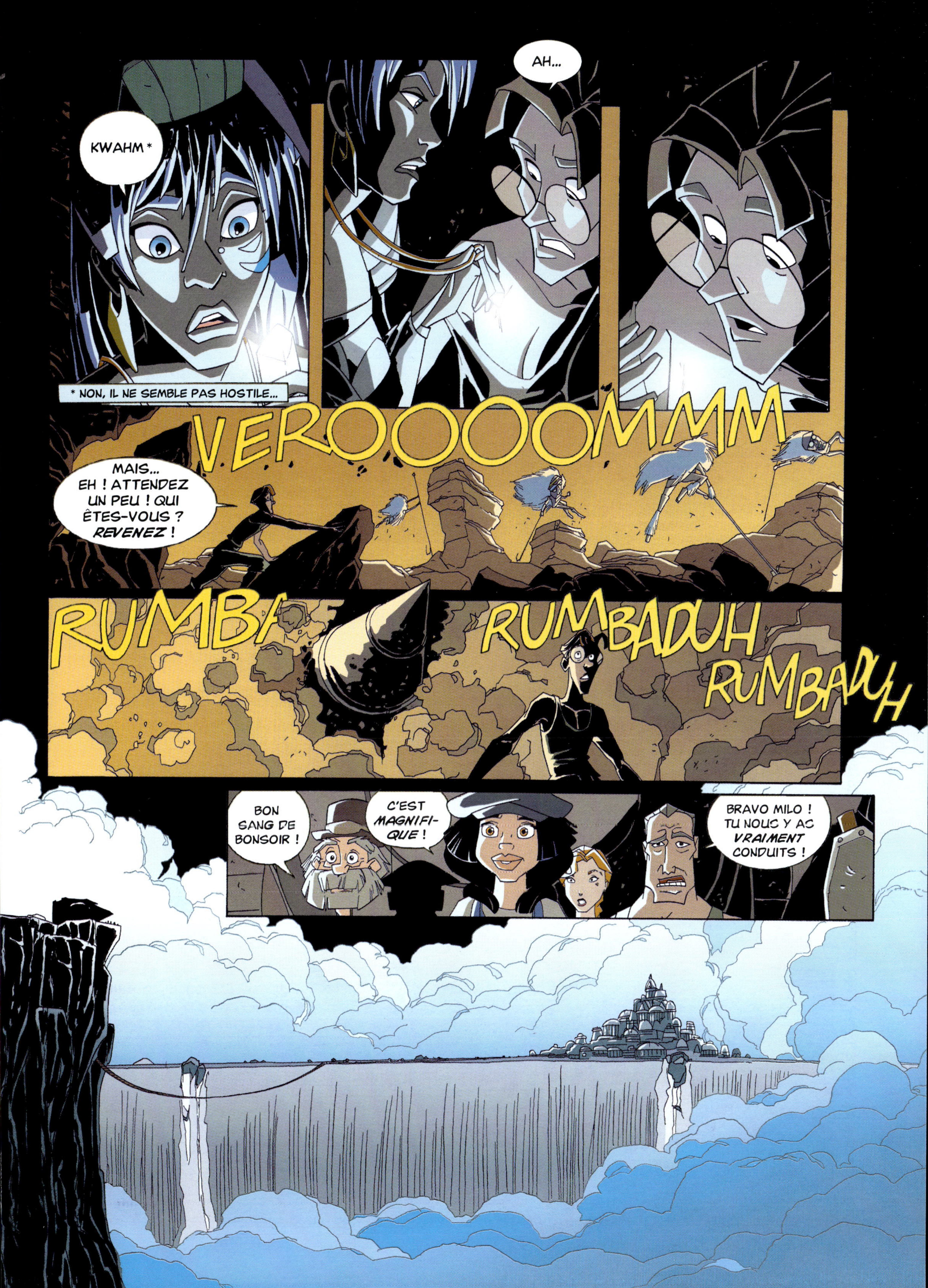
KWAHM *
AH...
* NON, IL NE SEMBLE PAS HOSTILE...
VEROOOOMMM
MAIS... EH ! ATTENDEZ UN PEU ! QUI ÊTES-VOUS ? REVENEZ !
RUMBA
RUMBADUH
RUMBADUH
BON SANG DE BONSOIR !
C'EST MAGNIFIQUE !
BRAVO MILO ! TU NOUS Y AS VRAIMENT CONDUITS !

MINCE ! QUI SONT CES TYPES ?
SÛREMENT DES ATLANTES !
QUOI ?! C'EST IMPOSSIBLE !
J'AI DÉJÀ VU DANS LE DAKOTA DES HOMMES QUI PEUVENT SENTIR NOTRE PEUR EN UN COUP D'ŒIL ! DU CALME!
LEB EH-SEH NEK DUFF//DOO WEH-REN-TOAF ? LUHT SULL-DOO-PEH-NEKH DUPP ?*
* QUI ÊTES-VOUS ? D'OÙ VENEZ-VOUS ?

LEB EH-SEH NEK DUFF//DOO WEH-REN-TOAF ? LUHT SULL-DOO-PEH-NEKH DUPP ?*
FRAH-WIHT-TEM DHUN-GU NUMG MOH-KHIM YOO-GEHB-LEH-TOAT BET KAH-FEH-REH-KIHK.*
* VOTRE FAÇON DE PARLER ME PARAÎT BIZARRE !
* QUI ÊTES-VOUS ÉTRANGERS, ET D'OÙ VENEZ-VOUS ?

PARLEZ-VOUS FRANÇAIS ?
OUI, MONSIEUR !
ILS PARLENT MA LANGUE !!!

PARDON, MADEMOISELLE ? AH ! VOULEZ-VOUS...

BOFF
OOH ! ELLE ME PLAÎT !
HUM... IL ÉTAIT TEMPS QU'ON LE CORRIGE ! DOMMAGE POUR MOI !
GUTENTAG ! WIEGEHTS ! CIAO ! SHALOM ! SALUT ! GRUBTE ! YASU ! NEEHOWMA ! LEEHOBO !
COMMENT CONNAISSENT-ILS CES LANGUES ?
LEUR LANGUE DOIT ÊTRE UNE LANGUE MÈRE !
EUH... IL Y A SANS DOUTE UN PEU D'ANGLAIS AUSSI !

NOUS SOMMES DES EXPLORATEURS ! NOUS VENONS EN PAIX !
BIENVENUE... DANS LA CITÉ D'ATLANTIDE ! VENEZ... VOUS PARLEREZ AVEC MON PÈRE !
AVEC UN PEU DE LATIN, UN PEU DE SUMÉRIEN ET UNE PINCÉE DE THESSALIEN, ON COMPREND LEUR LANGUE. CE QUI PROUVE QUE LES ATLANTES ONT EU ACCÈS AU NOUVEAU MONDE AVANT L'ÂGE DE BRONZE, M. HARCOURT !
EN VOILÀ UN QUI S'AMUSE BIEN ICI !
ON DIRAIT UN GAMIN À NOËL !
CAPITAINE, NOUS N'ÉTIONS PAS SUPPOSÉS TROUVER DES HOMMES. ÇA CHANGE TOUT !
ÇA NE CHANGE RIEN !
THAB-TOAP/LOO-DEN NEH-BET/KWAM GEH-SOO BOH-GEH-KEM DEG YAH-SEH-KEN GEH-SOO-GOAN-TOKH.*
GWEES DOH-SEP-TEM SOH-BIN KWAM AH-LIH-TEH-KEM. YOO-BEH-POAN-KEM.*
* ... MAIS, PÈRE, CES HOMMES POURRAIENT NOUS AIDER !
* NOUS N'AVONS PAS BESOIN D'EUX. NOUS VERRONS PLUS TARD !
ALTESSE, NOUS SOMMES TRÈS HONORÉS D'ÊTRE ACCUEILLIS DANS VOTRE CITÉ. NOUS SOMMES VENUS DE LOIN À LA RECHERCHE DE...
JE SAIS CE QUE VOUS CHERCHEZ ! VOUS NE LE TROUVEREZ PAS ICI. RETOURNEZ PARMI LES VÔTRES ! QUITTEZ ATLANTIDE !
JE VOUS DEMANDE DE NOUS LAISSER PASSER LA NUIT ICI, SIRE ! MES HOMMES SONT LAS. NOUS PARTIRONS DEMAIN MATIN !
BIEN... JE VOUS ACCORDE UNE NUIT ! UNE SEULE !
JE VOUS REMERCIE, MAJESTÉ !

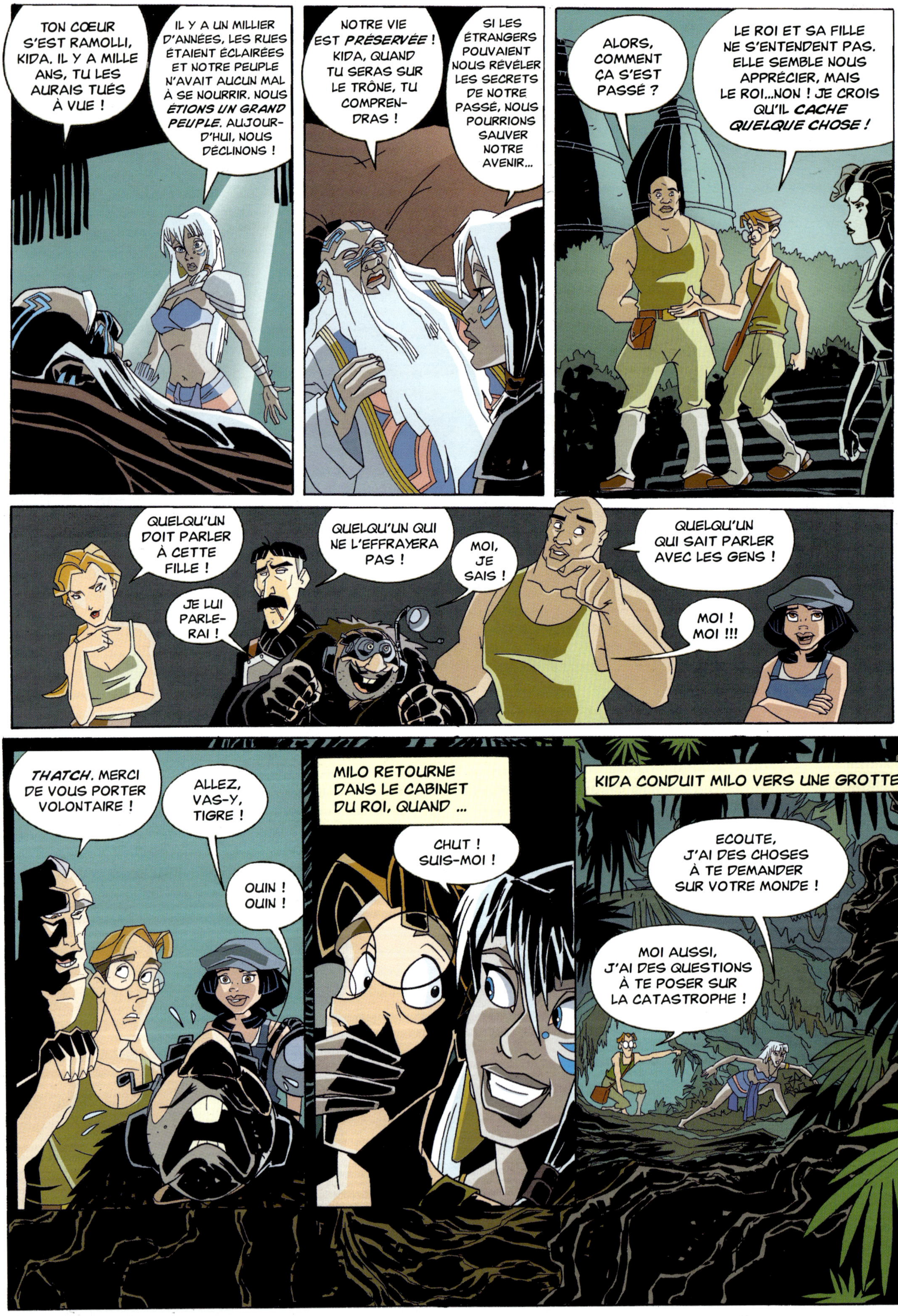

THATCH. MERCI DE VOUS PORTER VOLONTAIRE !

ALLEZ, VAS-Y, TIGRE !

OUIN ! OUIN !

MILO RETOURNE DANS LE CABINET DU ROI, QUAND ...

CHUT ! SUIS-MOI !

KIDA CONDUIT MILO VERS UNE GROTTE...

ECOUTE, J'AI DES CHOSES À TE DEMANDER SUR VOTRE MONDE !

MOI AUSSI, J'AI DES QUESTIONS À TE POSER SUR LA CATASTROPHE !

LES DIEUX D'ATLANTIDE, EN COLÈRE, AURAIENT PROVOQUÉ UN ÉNORME CATACLYSME. JE ME SOUVIENS D'UN CIEL NOIR ET DES GENS QUI COURAIENT EN TOUS SENS ! PUIS UNE LUMIÈRE FANTASTIQUE FLOTTAIT AU-DESSUS DE LA CITÉ ! MON PÈRE M'A DIT QU'ELLE ATTIRA MA MÈRE À ELLE... JE NE LA REVIS PLUS !
TU ÉTAIS PRÉSENTE ? CELA SIGNIFIE QUE TU AS... 45... 48 CENTAINES D'ANNÉES !?
OUI !
... EUH... TU ES TRÈS BELLE ! D'AUTRES QUESTIONS ?
ET VOUS, COMMENT NOUS AVEZ-VOUS TROUVÉS ?

CE N'ÉTAIT PAS FACILE ! JAMAIS NOUS N'Y SERIONS PARVENUS SANS CE MANUSCRIT !
TU VEUX DIRE QUE... TU LE COMPRENDS ?!?

JE SAIS LIRE L'ATLANTE, COMME TOI... TU SAIS LIRE, NON ?
PERSONNE NE SAIT PLUS ! CE SAVOIR S'EST PERDU AVEC LA GRANDE INONDATION. VIENS !

ON DIRAIT UNE ESPÈCE DE VÉHICULE !
J'AI TOUT ESSAYÉ, IL NE MARCHE PLUS. PEUT-ÊTRE QUE SI...
"PLACER LE CRISTAL DANS LA FENTE. POSER LA MAIN SUR LA PLAQUE D'IDENTIFICATION."
JE L'AI FAIT !

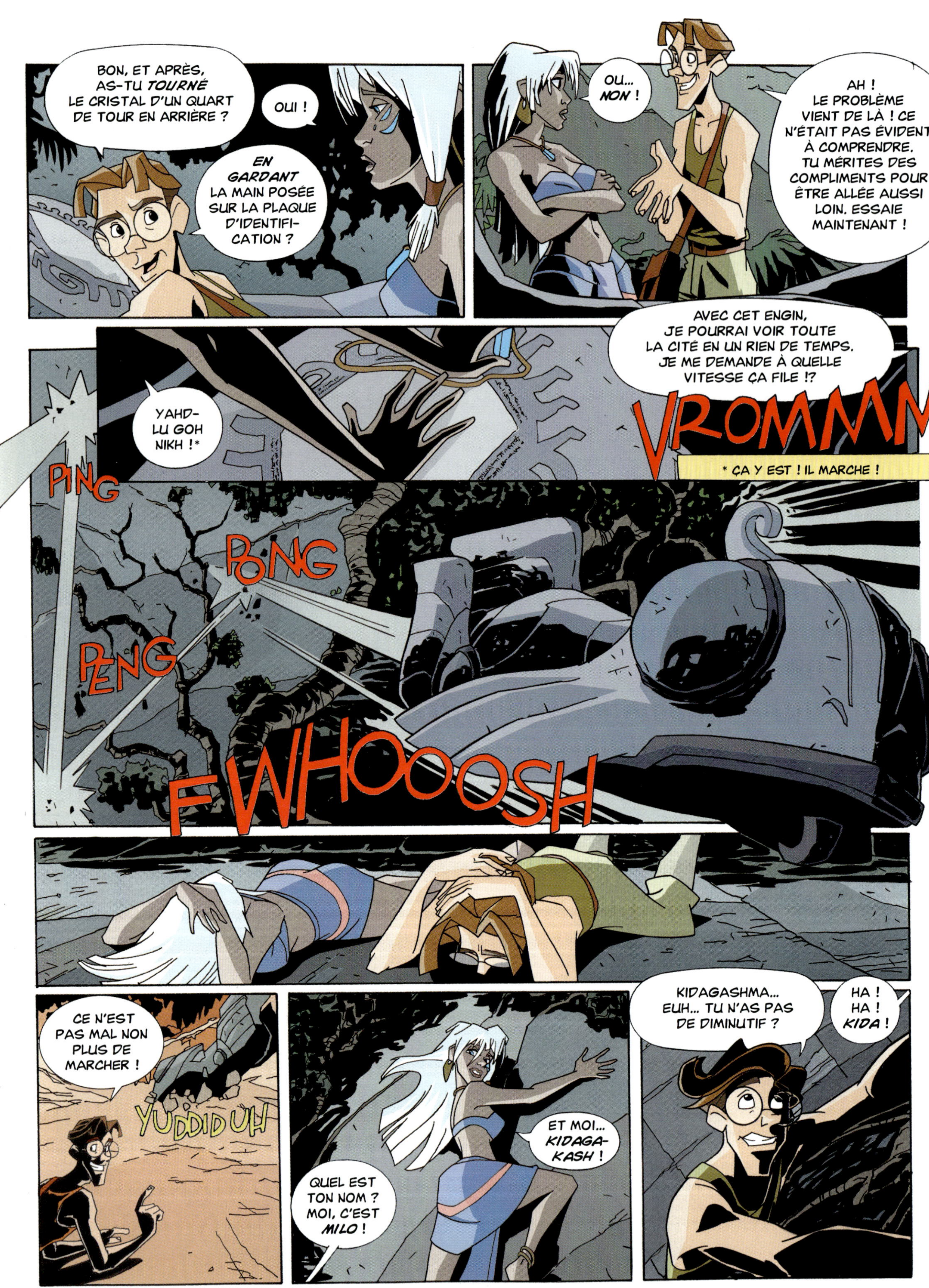
BON, ET APRÈS, AS-TU TOURNÉ LE CRISTAL D'UN QUART DE TOUR EN ARRIÈRE ?
OUI !
EN GARDANT LA MAIN POSÉE SUR LA PLAQUE D'IDENTIFI-CATION ?
OU... NON !
AH ! LE PROBLÈME VIENT DE LÀ ! CE N'ÉTAIT PAS ÉVIDENT À COMPRENDRE. TU MÉRITES DES COMPLIMENTS POUR ÊTRE ALLÉE AUSSI LOIN. ESSAIE MAINTENANT !
YAHD-LU GOH NIKH !*
AVEC CET ENGIN, JE POURRAI VOIR TOUTE LA CITÉ EN UN RIEN DE TEMPS. JE ME DEMANDE À QUELLE VITESSE ÇA FILE !?
VROMMM
* ÇA Y EST ! IL MARCHE !
PING
PONG
PENG
FWHOOOSH
CE N'EST PAS MAL NON PLUS DE MARCHER !
YUDDIDUH
QUEL EST TON NOM ? MOI, C'EST MILO !
ET MOI... KIDAGA-KASH !
KIDAGASHMA... EUH... TU N'AS PAS DE DIMINUTIF ?
HA ! HA ! KIDA !

QU'Y A-T-IL ?
CE N'EST RIEN... JUSTE UNE POUSSIÈRE DANS L'ŒIL ! JE PENSAIS À MON GRAND-PÈRE, J'AIMERAIS TANT QU'IL SOIT LÀ AUJOURD'HUI ! IL M'A TELLEMENT PARLÉ D'ATLANTIDE !
PARLE-MOI DE TES COMPAGNONS. LE MÉDECIN QUI S'APPELLE COOKIE !
NON, IL S'APPELLE *GENTIL* ! PAS COOKIE !
JE NE COMPRENDS PAS !
LE DOCTEUR... *G-E-N-T-I-L* !
AH ! IL EST *BON* ?!
NON, C'EST SON NOM !
AH ! SON NOM, C'EST "*BON*"
NON, "*GENTIL*", MAIS IL EST *BON* AUSSI !
AH ! VOS DOCTEURS SONT *GENTILS* ET *BONS* !
JE VEUX DIRE... CERTAINS, OUI ! LE NÔTRE L'EST.
TU M'EMBROUILLES ! COMMENT S'APPELLE LA FEMME QUI S'OCCUPE DES MACHINES ?
AH ! *AUDREY* ! ELLE EST *GENTILLE* !
AH... C'EST AUSSI VOTRE *DOCTEUR* ?
NON, NON... ATTENDS, JE VAIS T'EXPLIQUER !

LES COOKIES, C'EST BON, MAIS PAS LE VÔTRE. GENTIL EST BON, MAIS CE N'EST PAS SON NOM. AUDREY EST GENTILLE, MAIS CE N'EST PAS VOTRE DOCTEUR. ET LA BESTIOLE QUI CREUSE... LA TAUPE... C'EST VOTRE ANIMAL DE COMPAGNIE ?
PAS MAL VU ! PUIS-JE AVOIR DAVANTAGE DE CE TRUC BLEUÂTRE ?
PLUS TARD...
JE T'AI AMENÉ ICI PARCE QUE J'AI BESOIN DE TON AIDE. IL Y A UNE FRESQUE AVEC DES TEXTES AUTOUR DES PEINTURES...
QUE FAIS-TU, KIDA ?
TU SAIS NAGER ?
OH ! JE NAGE... JOLIE... EUH.. TRÈS BIEN ! OUI, JE NAGE JOLIMENT BIEN !
TANT MIEUX ! L'ENDROIT OÙ JE T'EMMÈNE EST LOIN D'ICI !
TU PARLES AU CHAMPION DU CAMP DES PETITS DIABLES !
EXTRA-ORDINAIRE ! L'HISTOIRE COMPLÈTE D'ATLANTIDE !?! TELLE QUE PLATON L'A ÉCRITE !
ET LA LUMIÈRE QUE J'AI VUE ... QUE DISENT CES TEXTES ?
C'EST LE CŒUR D'ATLANTIDE ! UNE SORTE DE CRISTAL ! LA SOURCE D'ÉNERGIE ET LA LUMIÈRE FABULEUSE DE TES SOUVENIRS, C'EST LA MÊME CHOSE !
OÙ EST-ELLE À PRÉSENT ?
JE L'IGNORE ! ON AURAIT PU TROUVER UN INDICE DANS MON MANUSCRIT , MAIS... ET SI C'ÉTAIT... LA PAGE MANQUANTE !

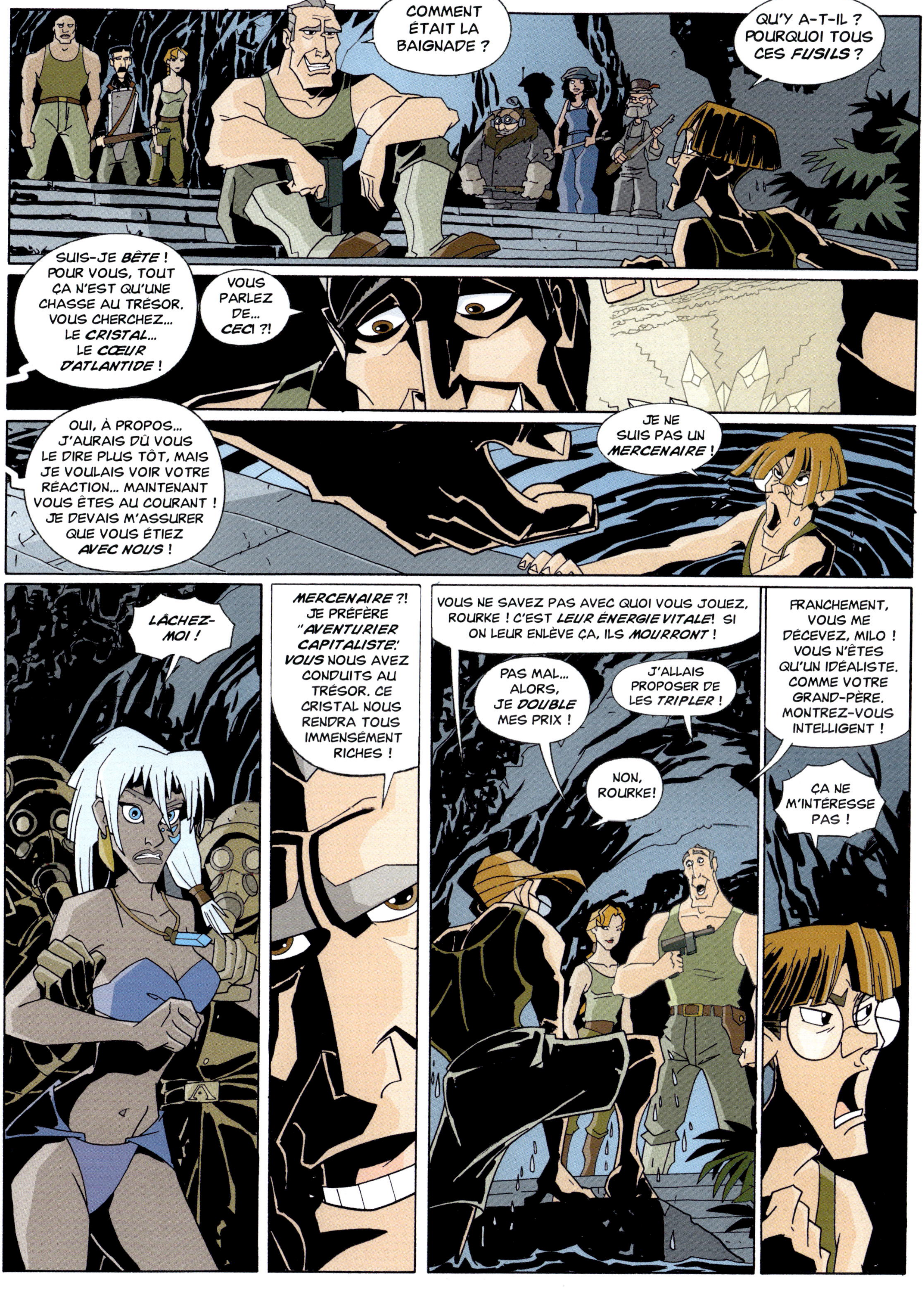

COMMENT ÉTAIT LA BAIGNADE ?
QU'Y A-T-IL ? POURQUOI TOUS CES *FUSILS* ?

SUIS-JE *BÊTE* ! POUR VOUS, TOUT ÇA N'EST QU'UNE CHASSE AU TRÉSOR. VOUS CHERCHEZ... LE *CRISTAL*... LE *CŒUR D'ATLANTIDE* !
VOUS PARLEZ DE... *CECI* ?!

OUI, À PROPOS... J'AURAIS DÛ VOUS LE DIRE PLUS TÔT, MAIS JE VOULAIS VOIR VOTRE RÉACTION... MAINTENANT VOUS ÊTES AU COURANT ! JE DEVAIS M'ASSURER QUE VOUS ÉTIEZ *AVEC NOUS* !
JE NE SUIS PAS UN *MERCENAIRE* !

JE DÉTESTE QU'UNE NÉGOCIATION TOURNE MAL !
REPRENONS DEPUIS LE DÉBUT !
KAFWOOOOM
TOC ! TOC ! TOC !
À VOTRE SERVICE !
SÉPAREZ-VOUS ! CHERCHEZ PARTOUT !
ALORS, THATCH. QUE DIT LE MANUSCRIT ?
JUSTE ÇA : "LE CŒUR D'ATLANTIDE EST DANS LES YEUX DE SON ROI !"
BON, ALORS... PEUT-ÊTRE CE BON VIEUX ROI NOUS AIDERA-T-IL ! OÙ EST LA SALLE DU CRISTAL ?
VOUS VOUS DÉTRUIREZ !
JE NE DOIS PAS ÊTRE CLAIR !
MOH-KHIT GWEH-NOAG-LOH-NICJ !*
THUD
* JE VOUS TUERAI POUR ÇA !
CE N'ÉTAIT PAS PRÉVU, ROURKE !
J'AI MODIFIÉ LE PLAN, DOCTEUR ! LA DIPLOMATIE A ÉCHOUÉ, COMME D'HABITUDE. JE VAIS COMPTER JUSQU'À DIX... VOUS ALLEZ ME DIRE OÙ EST LE CRISTAL. UN... DEUX... NEUF... DI... !
"LE CŒUR D'ATLANTIDE EST DANS LES YEUX DU ROI !" MAIS OUI ! ON Y EST !

POUR LA DERNIÈRE FOIS, ROURKE, ÉCOUTEZ LA VOIX DE LA RAISON ! VOUS N'AVEZ PAS IDÉE DE CE DONT CETTE ÉNERGIE EST CAPABLE !
EXACT, MAIS JE CONNAIS CERTAINS PAYS QUI PAYERAIENT TRÈS CHER POUR LE DÉCOUVRIR !
VITE, REGARDEZ !
RRRRRRRUUUMMMBLLE
PLIP
GAGNÉ !
OHHH... LES ROIS DU PASSÉ ! NEE-SHEN TOAP AHD-LUHN-TIH-SUHG/ KEH-LOAB-TEM GAHB-RIHN/KAH-ROAK-LIH-MIHK BET/GIHM DEH-MOAT-TEM NET *
* ...PARDONNEZ-MOI, ESPRITS D'ATLANTIDE, D'AVOIR PROFANÉ VOTRE SANCTUAIRE !
DITES-LUI D'ABRÉGER, THATCH... ON N'A PAS LE TEMPS !
DÉSOLÉ, KIDA !
VIENS, FINISSONS-EN ET PARTONS !
ALORS, THATCH. COMMENT SORTIR CE TRUC?
JE NE SAIS PAS COMMENT LE DÉPLACER !
RRRRRRRRRRR
SOH-LESH MAH-TOH NOAT MLOH THATCH-TOAP. KWAHM TEH-RED-SEH-NEN. *
QU'A-T-ELLE DIT ?
JE NE SAIS PAS, JE N'AI PAS COMPRIS !
* N'AIE PAS PEUR, MILO THATCH. TOUT IRA TRÈS BIEN !
WHIRWHIRRWHIRRR

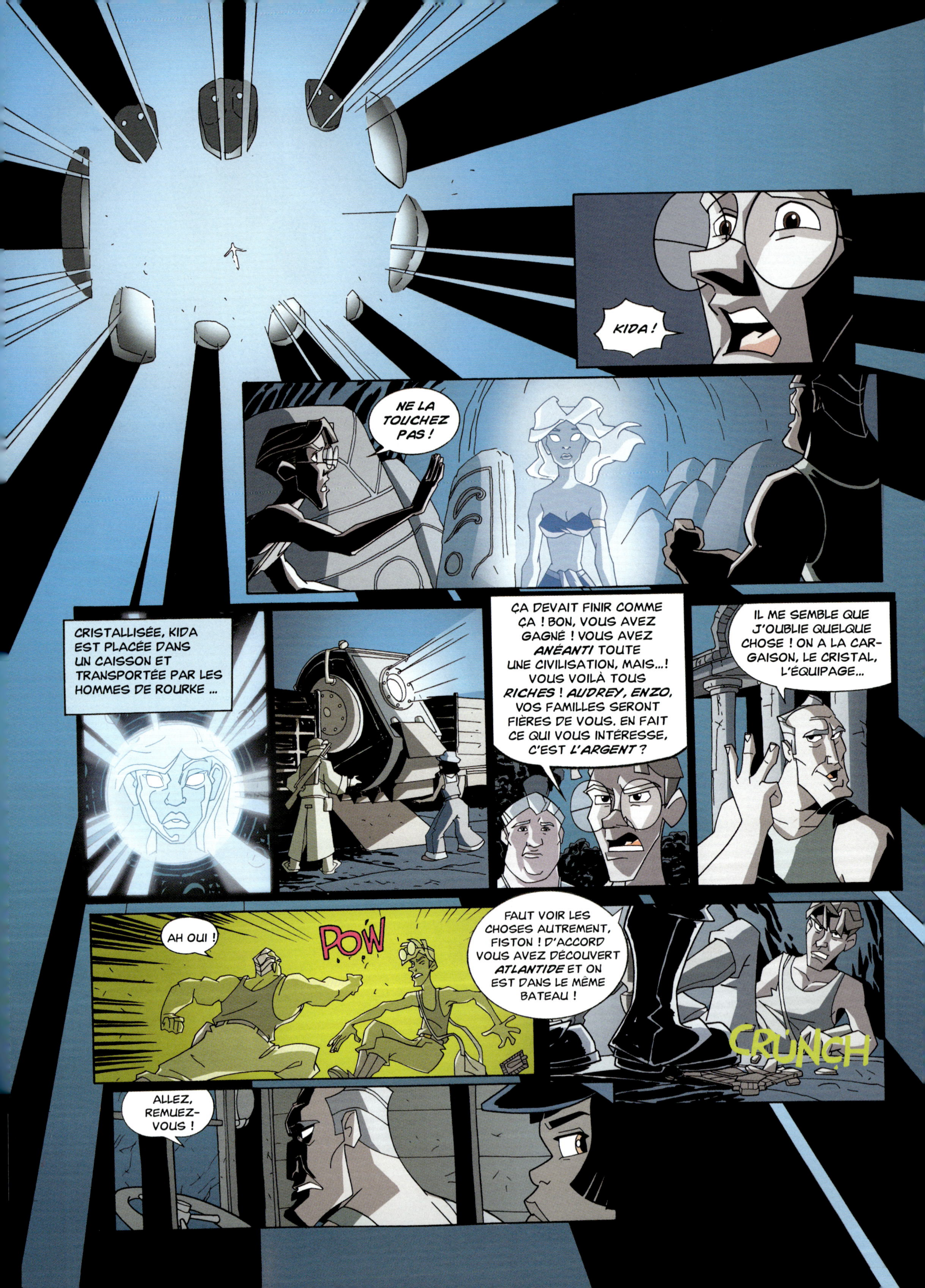
KIDA !
NE LA TOUCHEZ PAS !
CRISTALLISÉE, KIDA EST PLACÉE DANS UN CAISSON ET TRANSPORTÉE PAR LES HOMMES DE ROURKE ...
ÇA DEVAIT FINIR COMME ÇA ! BON, VOUS AVEZ GAGNÉ ! VOUS AVEZ ANÉANTI TOUTE UNE CIVILISATION, MAIS...! VOUS VOILÀ TOUS RICHES ! AUDREY, ENZO, VOS FAMILLES SERONT FIÈRES DE VOUS. EN FAIT CE QUI VOUS INTÉRESSE, C'EST L'ARGENT ?
IL ME SEMBLE QUE J'OUBLIE QUELQUE CHOSE ! ON A LA CARGAISON, LE CRISTAL, L'ÉQUIPAGE...
AH OUI !
POW
FAUT VOIR LES CHOSES AUTREMENT, FISTON ! D'ACCORD VOUS AVEZ DÉCOUVERT ATLANTIDE ET ON EST DANS LE MÊME BATEAU !
CRUNCH
ALLEZ, REMUEZ-VOUS !

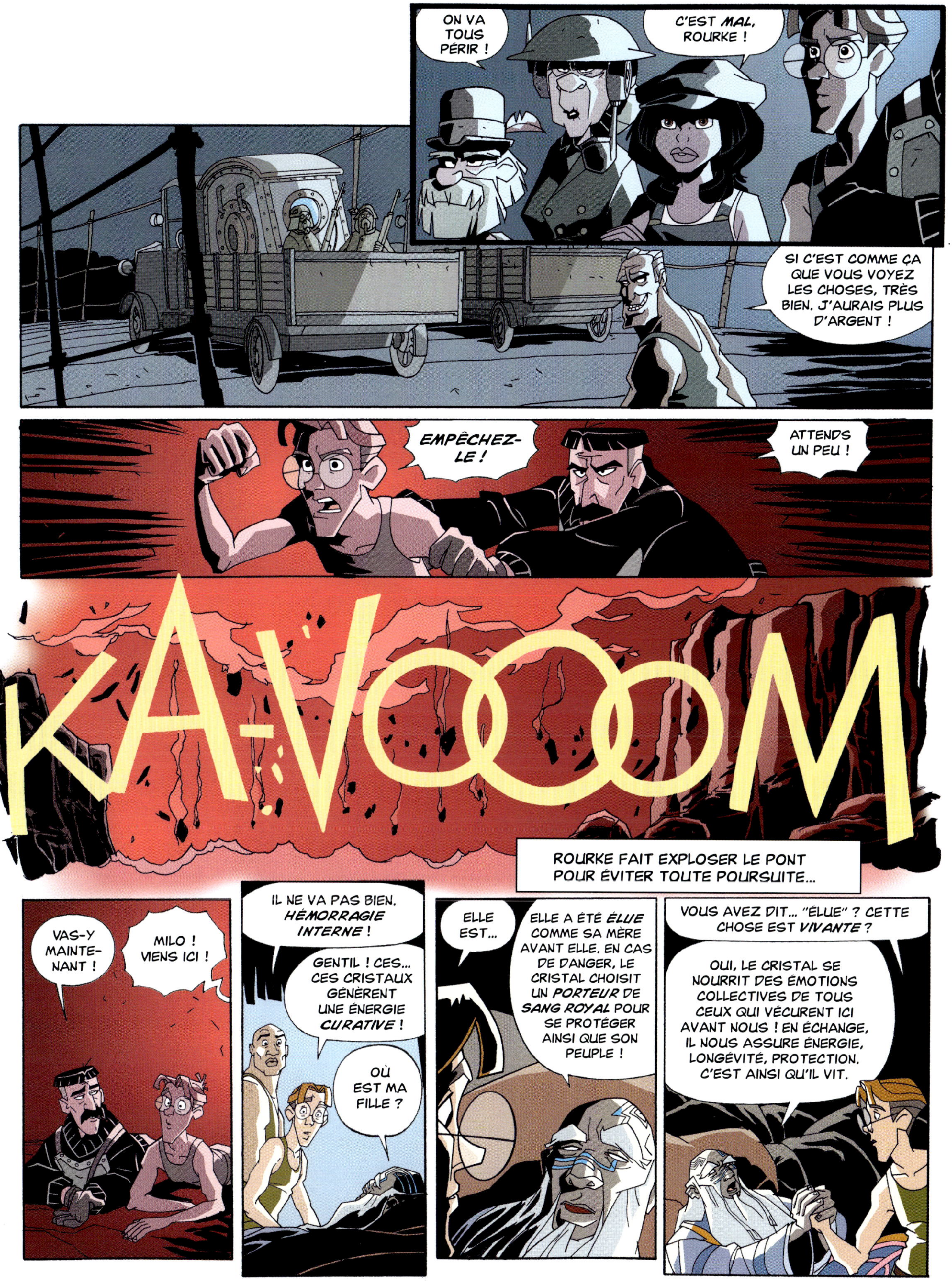

ON VA TOUS PÉRIR !

C'EST *MAL*, ROURKE !

SI C'EST COMME ÇA QUE VOUS VOYEZ LES CHOSES, TRÈS BIEN. J'AURAIS PLUS D'ARGENT !

EMPÊCHEZ-LE !

ATTENDS UN PEU !

KA-VOOOM

ROURKE FAIT EXPLOSER LE PONT POUR ÉVITER TOUTE POURSUITE...

JE TENTAI DE L'UTILISER COMME UNE ARME, MAIS SON POUVOIR ÉTAIT TROP GRAND POUR ÊTRE CONTRÔLÉ ! IL NOUS ÉCRASA ET CE FUT NOTRE DESTRUCTION !
C'EST POUR CELA QUE VOUS L'AVEZ CACHÉ SOUS LA CITÉ ! POUR ÉVITER QUE L'HISTOIRE SE RÉPÈTE ?
ET POUR EMPÊCHER KIDA DE SUBIR LE MÊME DESTIN QUE SA MÈRE. MA CHARGE AURAIT DÛ LUI REVENIR, MAIS MAINTENANT... C'EST À VOUS QU'ELLE INCOMBE !
MOI ?
NOS ANCÊTRES NOUS ONT LÉGUÉ UNE GRANDE SAGESSE. FAITES QUE CE SOIT VRAI...
ET LE ROI EXPIRA...
VOUS SAVEZ, J'AI APPRIS QUE LORSQU'ON TOUCHE LE FOND, IL N'Y A QU'UNE SEULE POSSIBILITÉ ... REMONTER !
QUI A DIT ÇA ?
UN HOMME QUI S'APPELAIT THADDEUS THATCH !
JE VAIS RATTRAPER ROURKE !
CE SERAIT DE LA FOLIE !
SUIVEZ-MOI ! EN ROUTE !
RRROAAARRR
JE N'EN REVIENS PAS !

DIS DONC, MILO, TU AS AVALÉ DES VITAMINES...
EN SELLE, TOUT LE MONDE !
CHOUETTE !
MES AMIS, NOUS FAISONS L'HISTOIRE... NOUS *SERONS* L'HISTOIRE ! EN ROUTE !
RRRROOOOOARRRR

ROURKE FAIT SAUTER LE BOUCHON QUI BLOQUAIT LA SORTIE...
BLAM
BOOOOM

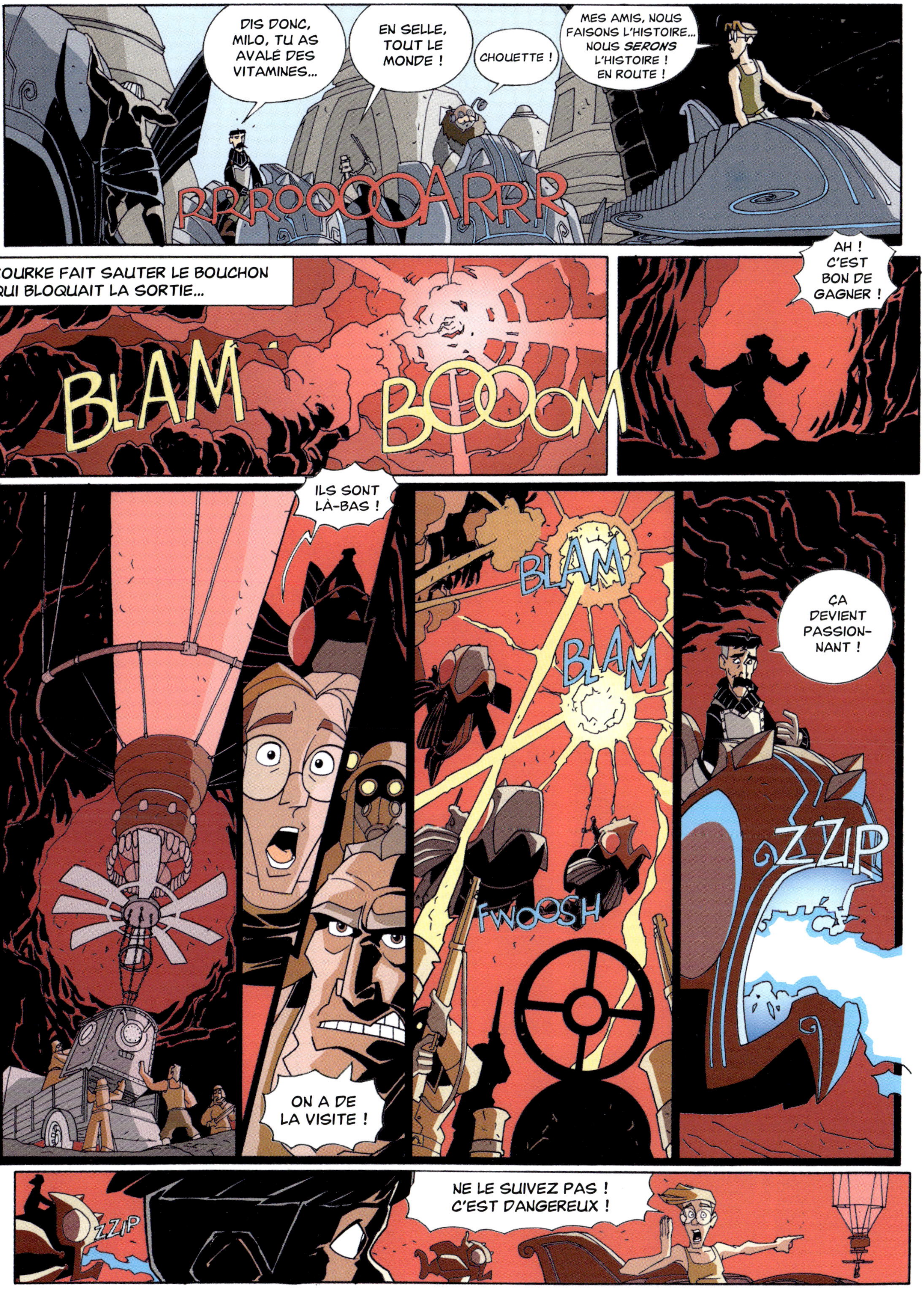

AH ! C'EST BON DE GAGNER !

ILS SONT LÀ-BAS !
ON A DE LA VISITE !
BLAM
BLAM
FWOOSH
ÇA DEVIENT PASSIONNANT !
ZZIP

ZZIP
NE LE SUIVEZ PAS ! C'EST DANGEREUX !

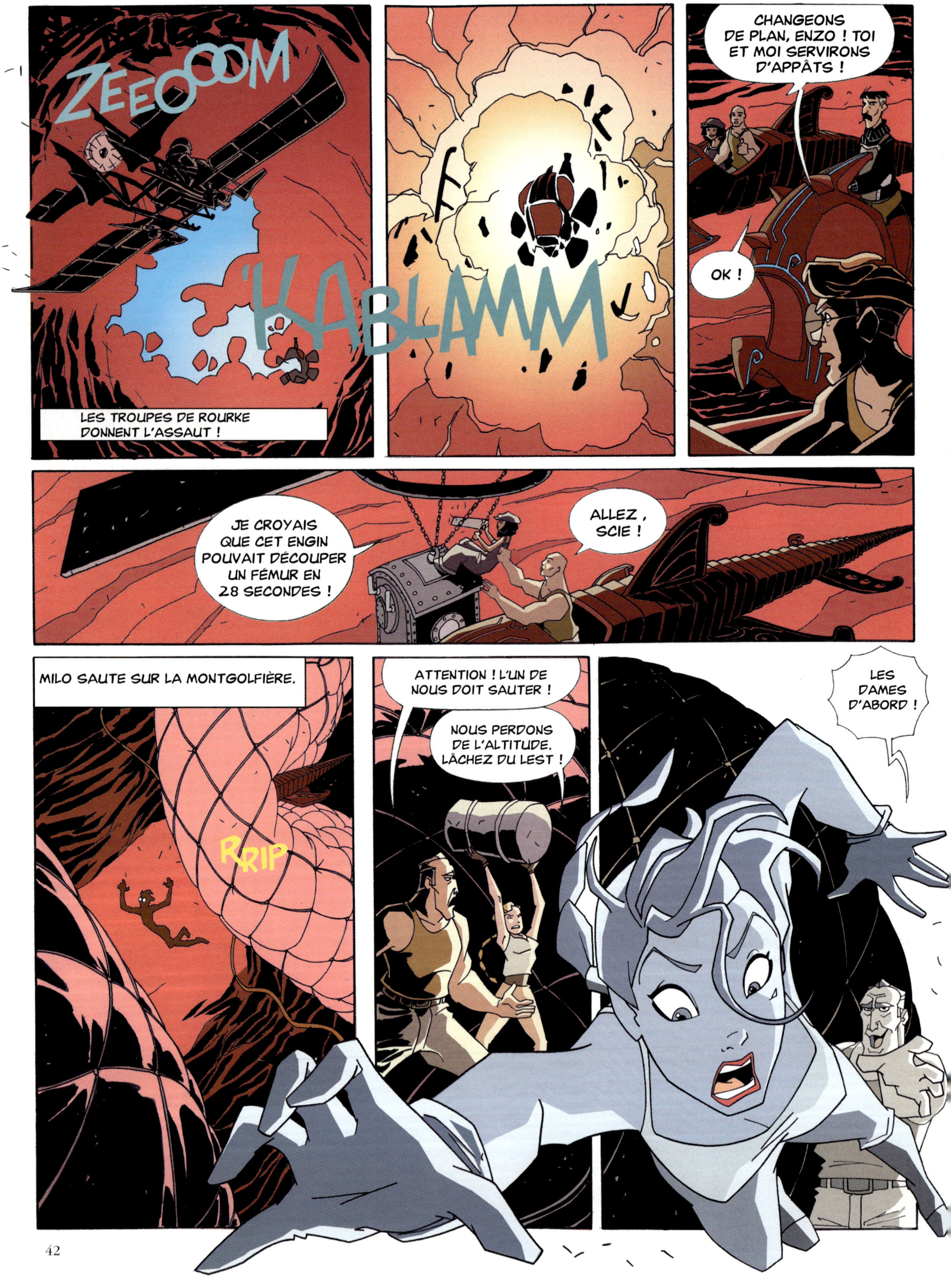

MILO SAUTE SUR LA MONTGOLFIÈRE.

RRIP

ATTENTION ! L'UN DE NOUS DOIT SAUTER !

NOUS PERDONS DE L'ALTITUDE. LÂCHEZ DU LEST !

LES DAMES D'ABORD !

JE N'AI RIEN CONTRE VOUS !

TUNK

A VRAI DIRE, VOUS ÊTES L'ADVERSAIRE LE PLUS PÉNIBLE QUE J'AIE JAMAIS EU !

HABITUELLEMENT, J'AI UNE GRANDE MAÎTRISE ! IL M'EN FAUT BEAUCOUP POUR ME METTRE EN COLÈRE !
OUF !

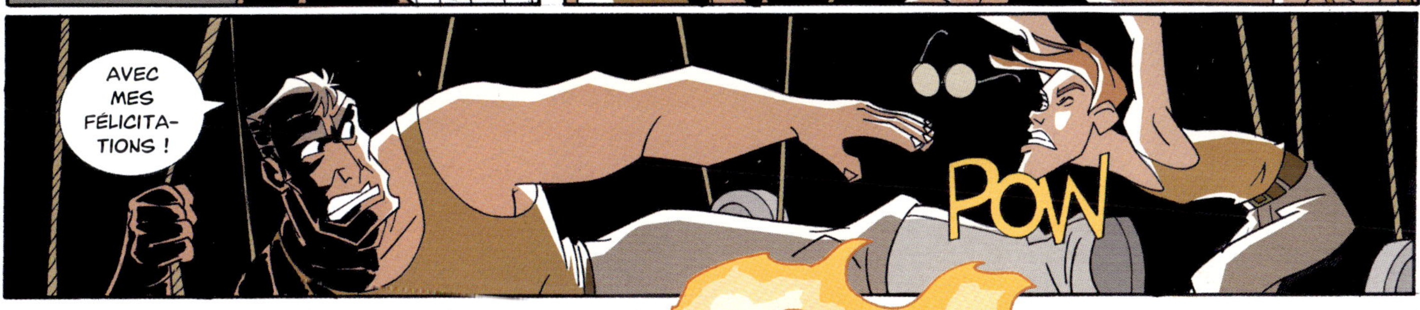
AVEC MES FÉLICITA-TIONS !
POW

ESPÈCE DE CASSE-PIEDS !

DÉSOLÉE !
FOOSH

BOOMF
CRACKLE
FATIGUÉ, THATCH ? HA ! C'EST DOMMAGE !

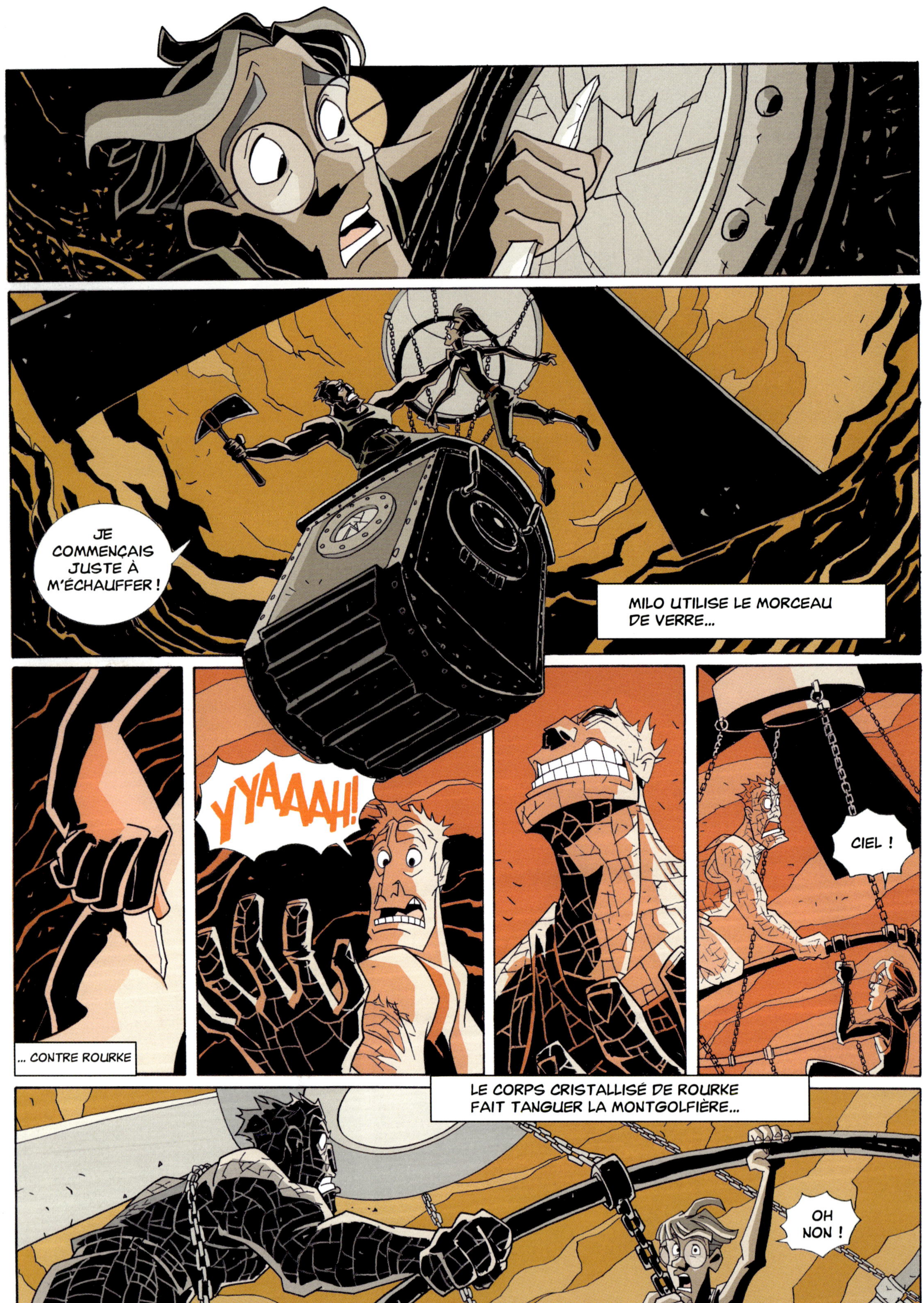
JE COMMENÇAIS JUSTE À M'ÉCHAUFFER !
MILO UTILISE LE MORCEAU DE VERRE...
... CONTRE ROURKE
YYAAAAH!
CIEL !
LE CORPS CRISTALLISÉ DE ROURKE FAIT TANGUER LA MONTGOLFIÈRE...
OH NON !

SZZZOOF
SNAP

KABLOOOM

RRRUMBLEEE

LE VOLCAN !
IL FAUT RAMENER KIDA, SINON TOUTE LA CITÉ MOURRA ! C'EST LE SEUL MOYEN !

LA CHAÎNE CASSE...
CLANK
MILO S'ACCROCHE AU NAUTILUS...

MILO ! NON !
GO !

WOOOSH

LE CAISSON TRANSPORTANT KIDA EST SUR LA PLACE CENTRALE DE LA CITÉ...
CRAAACK
CRUMBLE
CRUMBLE
CRUMBLE
MAIS LE PUISSANT FLOT D'ÉNERGIE QUI S'ÉCOULE DU CORPS DE KIDA RÉVEILLE LES GÉANTS DE PIERRE...
FWIZZ
FWIZZ
FWIZZ
... GARDIENS D'ATLANTIDE
CLOMP
CLOMP
CLOMP
... QUI SE PLACENT EN POSITION DE DÉFENSE ET LIBÈRENT LA FORCE...

FA-WHOOOSH
CRACK
CRACK
CRACK
LE BOUCLIER ÉNERGÉTIQUE DURCIT LA LAVE POUR LA RÉDUIRE EN POUSSIÈRE !
CRUMBLE CRUMBLE
KIDA, LIBÉRÉE, REDESCEND...
MILO !
ATLANTIDE RETROUVE SA GLOIRE ANCESTRALE...
...L'ÉQUIPE EST SUR LE DÉPART...
...DES TRÉSORS SONT CHARGÉS SUR LE VAISSEAU...

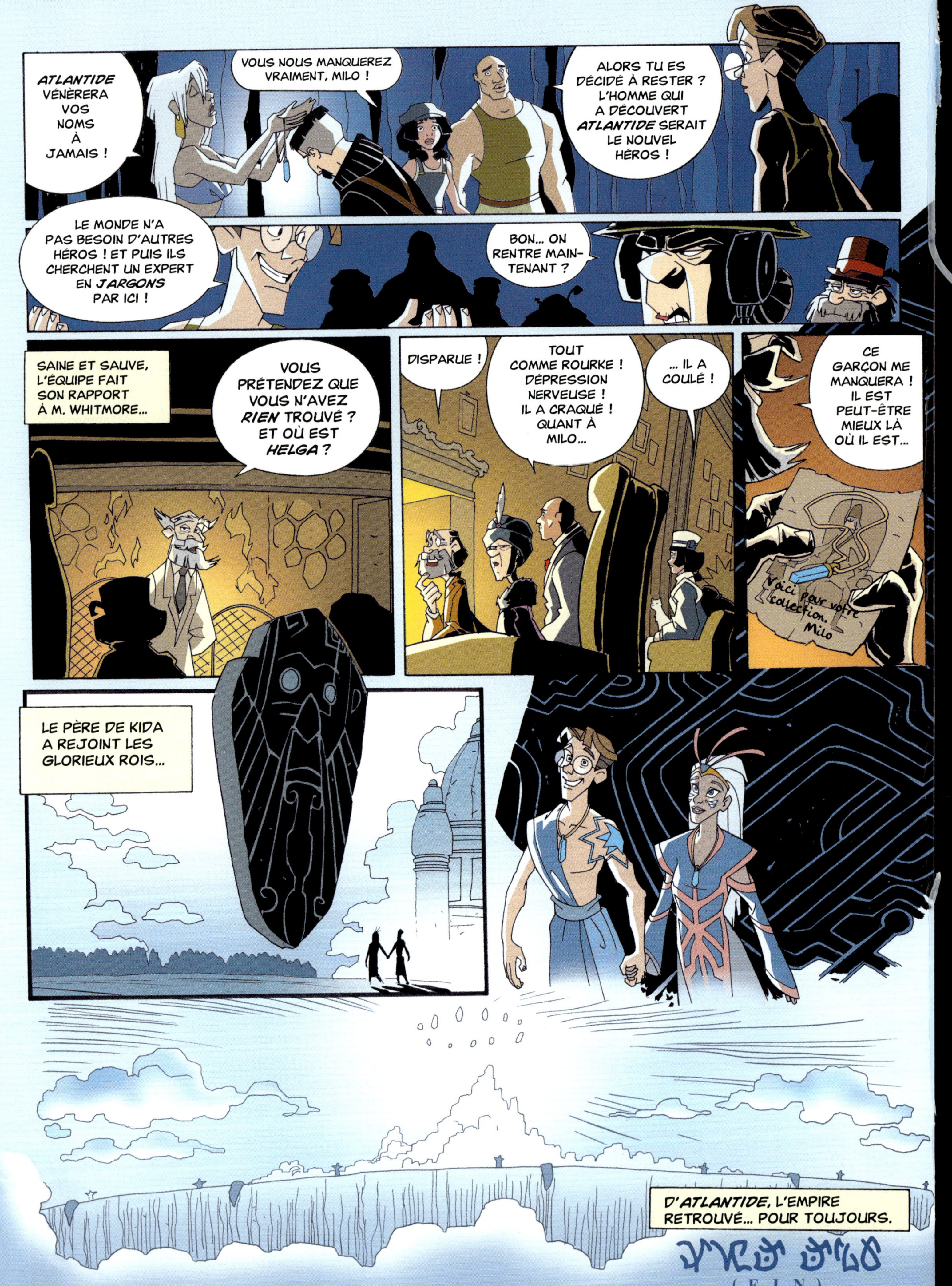
ATLANTIDE VÉNÈRERA VOS NOMS À JAMAIS !
VOUS NOUS MANQUEREZ VRAIMENT, MILO !
ALORS TU ES DÉCIDÉ À RESTER ? L'HOMME QUI A DÉCOUVERT ATLANTIDE SERAIT LE NOUVEL HÉROS !
LE MONDE N'A PAS BESOIN D'AUTRES HÉROS ! ET PUIS ILS CHERCHENT UN EXPERT EN JARGONS PAR ICI !
BON... ON RENTRE MAIN-TENANT ?
SAINE ET SAUVE, L'ÉQUIPE FAIT SON RAPPORT À M. WHITMORE...
VOUS PRÉTENDEZ QUE VOUS N'AVEZ RIEN TROUVÉ ? ET OÙ EST HELGA ?
DISPARUE !
TOUT COMME ROURKE ! DÉPRESSION NERVEUSE ! IL A CRAQUÉ ! QUANT À MILO...
... IL A COULÉ !
CE GARÇON ME MANQUERA ! IL EST PEUT-ÊTRE MIEUX LÀ OÙ IL EST...
Voici pour votre collection. Milo
LE PÈRE DE KIDA A REJOINT LES GLORIEUX ROIS...
D'ATLANTIDE, L'EMPIRE RETROUVÉ... POUR TOUJOURS.
(FIN)

tous les films
Disney
en bandes dessinées

LA PETITE SIRÈNE
BLANCHE-NEIGE
ET LES SEPT NAINS
LA BELLE ET LA BÊTE
LE LIVRE DE LA JUNGLE
BAMBI
ALADDIN
LES ARISTOCHATS
(PRIX ANGOULÊME 1995)
PINOCCHIO
LE ROI LION
LES 101 DALMATIENS
LA BELLE
AU BOIS DORMANT
ROX ET ROUKY
POCAHONTAS :
UNE LÉGENDE INDIENNE
PETER PAN
LE BOSSU DE NOTRE-DAME
OLIVER ET COMPAGNIE
MERLIN L'ENCHANTEUR

LA BELLE ET LE CLOCHARD
HERCULE
CENDRILLON
ALICE AU PAYS
DES MERVEILLES
LES AVENTURES DE
WINNIE L'OURSON
MULAN
LE ROI LION II :
L'HONNEUR DE LA TRIBU
1001 PATTES :
A BUG'S LIFE
DOUG LE FILM
TARZAN
TOY STORY 2
ROBIN DES BOIS
LES AVENTURES DE TIGROU...
ET DE SON AMI WINNIE L'OURSON
DINOSAURE
KUZCO L'EMPEREUR MÉGALO